GRöLS Verlage

„BÜCHER SIND WIE FALLSCHIRME. SIE NÜTZEN UNS NICHTS, WENN WIR SIE NICHT ÖFFNEN."

Gröls Verlag

Redaktionelle Hinweise und Impressum

Das vorliegende Werk wurde zugunsten der Authentizität sehr zurückhaltend bearbeitet. So wurden etwa ursprüngliche Rechtschreibfehler *nicht* systematisch behoben, denn kleine Unvollkommenheiten machen das Buch – wie im Übrigen den Menschen – erst authentisch. Mitunter wurden jedoch zum Beispiel Absätze behutsam neu getrennt, um den Lesefluss zu erleichtern.

Um die Texte zu rekonstruieren, werden antiquarische Bücher von Lesegeräten gescannt und dann durch eine Software lesbar gemacht. Der so entstandene Text wird von Menschen gegengelesen und korrigiert – hierbei treten auch Fehler auf. Wenn Sie ebenfalls antiquarische Texte einreichen möchten, finden Sie weitere Informationen auf www.groels.de

Viel Freude bei der Lektüre wünscht Ihnen das Team des Gröls-Verlags.

Adressen

Verleger: Sophia Gröls, Im Borngrund 26, 61440 Oberursel

Externer Dienstleister für Distribution & Herstellung: BoD, In de Tarpen 42, 22848 Norderstedt

Unsere „Edition | Werke der Weltliteratur“ hat den Anspruch, eine der größten und vollständigsten Sammlungen klassischer Literatur in deutscher Sprache zu sein. Nach und nach versammeln wir hier nicht nur die „üblichen Verdächtigen“ von Goethe bis Schiller, sondern auch Kleinode der vergangenen Jahrhunderte, die – zu Unrecht – drohen, in Vergessenheit zu geraten. Wir kultivieren und kuratieren damit einen der wertvollsten Bereiche der abendländischen Kultur. Kleine Auswahl:

Francis Bacon • Neues Organon • **Balzac** • Glanz und Elend der Kurtisanen • **Joachim H. Campe** • Robinson der Jüngere • **Dante Alighieri** • Die Göttliche Komödie • **Daniel Defoe** • Robinson Crusoe • **Charles Dickens** • Oliver Twist • **Denis Diderot** • Jacques der Fatalist • **Fjodor Dostojewski** • Schuld und Sühne • **Arthur Conan Doyle** • Der Hund von Baskerville • **Marie von Ebner-Eschenbach** • Das Gemeindekind • **Elisabeth von Österreich** • Das Poetische Tagebuch • **Friedrich Engels** • Die Lage der arbeitenden Klasse • **Ludwig Feuerbach** • Das Wesen des Christentums • **Johann G. Fichte** • Reden an die deutsche Nation • **Fitzgerald** • Zärtlich ist die Nacht • **Flaubert** • Madame Bovary • **Gorch Fock** • Seefahrt ist not! • **Theodor Fontane** • Effi Briest • **Robert Musil** • Über die Dummheit • **Edgar Wallace** • Der Frosch mit der Maske • **Jakob Wassermann** • Der Fall Maurizius • **Oscar Wilde** • Das Bildnis des Dorian Grey • **Émile Zola** • Germinal • **Stefan Zweig** • Schachnovelle • **Hugo von Hofmannsthal** • Der Tor und der Tod • **Anton Tschechow** • Ein Heiratsantrag • **Arthur Schnitzler** • Reigen • **Friedrich Schiller** • Kabale und Liebe • **Nicolo Machiavelli** • Der Fürst • **Gotthold E. Lessing** • Nathan der Weise • **Augustinus** • Die Bekenntnisse des heiligen Augustinus • **Marcus Aurelius** • Selbstbetrachtungen • **Charles Baudelaire** • Die Blumen des Bösen • **Harriett Stowe** • Onkel Toms Hütte • **Walter Benjamin** • Deutsche Menschen • **Hugo Bettauer** • Die Stadt ohne Juden • **Lewis Caroll** • *und viele mehr….*

Franziska Gräfin zu Reventlow

Von Paul zu Pedro

Amouresken

Inhalt

1 7

2 11

3 16

4 21

5 28

6 34

7 42

8 49

9 55

10 59

11 66

12 74

13 80

14 89

15 98

16 105

17 109

18 117
19 122

1

Ja, nun sind Sie wieder fort, lieber Freund, – Sie fehlen mir sehr, und ich denke mit einiger Wehmut an unser Beisammensein, vor allem an unsere „Teegespräche“, zurück.

Es war doch recht hübsch, wenn wir uns aus Regen und Wind in das Tea-room flüchteten und jedesmal Angst hatten, ob unser Kaminplatz auch frei sein würde.

Wenn wir anderswo sitzen mußten, waren wir eigentlich immer melancholisch. Man wurde auf einmal gewahr, daß die Welt recht ungemütlich sein kann, und wurde selbst ungemütlich. – Sie, lieber Doktor, in erster Linie – o, Sie konnten sehr ungemütlich sein, wenn Sie anfingen, „es“ ernsthaft zu nehmen und mir die Seele aus dem Leibe herauszufragen.

Ich weiß schon – gescheite Männer können das manchmal nicht lassen, aber es ist eine üble Angewohnheit, und ich glaube, sie ist schuld daran, daß man so oft die Dummen vorzieht. Und das könnt Ihr dann wieder nicht begreifen.

Lieber Gott, ich denke ja auch manchmal nach, aber es ist immer ungemütlich. Und nun erst zu zweien – davon bekommt man regelmäßig eine Art moralischen Kater. – Sie dürfen mir jetzt auch brieflich nicht zu seriös werden und mich nicht wieder als „Problem“ behandeln – ich bin keines –, sonst prophezeie ich unserer Korrespondenz einen frühen Tod.

Einstweilen bin ich noch recht schreibselig aufgelegt, es ist gar so fad, allein in einer fremden Stadt zu sitzen, wenn es regnet, ununterbrochen regnet.

Das vielbesprochene Abenteuer, dem ich mein Hiersein verdanke, ist zu Ende. Es lag ja schon in den letzten Zügen, als Sie herkamen. – Sie waren wohl etwas mit schuld daran – er wurde mir so langweilig, er war auch wirklich und wahrhaftig langweilig, aber im Anfang habe ich es nicht so gemerkt.

Mit Ihnen konnte ich mich jedenfalls viel besser unterhalten. Wenn ich mit „ihm“ drei Stunden hier am Kamin sitzen sollte – du liebe Zeit – ich wäre einfach zersprungen. Ich habe ihn auch nie mit hergenommen, aus Pietät für Sie – in solchen Dingen bin ich sehr pietätvoll, Sie können ganz zufrieden sein.

Also, er ist fort – zu seiner Frau und seinen Kindern. Lächeln Sie nicht so niederträchtig, ich kann doch nichts dafür, daß alle möglichen Leute Frau und Kinder haben. Man darf schon froh sein, wenn sie sich nicht scheiden lassen wollen, um einem „fürs Leben anzugehören“.

Davor habe ich schon in frühen Jugendjahren einen nachhaltigen Schrecken bekommen. Da wollte einer mit mir durchgehen, der sechs Kinder hatte und natürlich auch eine Frau. Er sagte mir, ich sei eine Sphinx und er selbst ein Schurke – und das machte mir tiefen Eindruck – ich war noch so ganz dumm.

Die große Szene spielte sich in einem Bureau ab, und ich hatte das Gefühl, man könne doch eigentlich nicht nein sagen, wenn es so dramatisch herginge. Die Sphinx wirkte wie eine Verpflichtung zu irgend etwas Ungeheuerlichem. – Aber schließlich löste ich mich in Tränen auf und sagte doch nein.

Wir sind uns nachher noch oft auf der Straße begegnet, haben aber nie wieder miteinander gesprochen. Er hat mich nur stumm und leidenschaftlich angesehen. Das war eigentlich recht guter Stil, er bekam dadurch eine Art Nimbus für mich, und ich verzieh ihm die sechs Kinder, die mich erst so entsetzt hatten.

Aber denken Sie nur, wenn ich damals Romantik und schauervolle Wirklichkeit verwechselt hätte, wie es mir leider späterhin noch manchmal passiert ist – –

Nein, ich war meinem Abenteurer hier in der Regenstadt von Herzen dankbar, daß er nicht zum Schurken werden wollte und ruhig heimfuhr. Er hoffte allerdings auf Fortsetzung, aber ich bin nicht dafür. Fortsetzung mit verheirateten Männern ist überhaupt nichts Rechtes, ich hab' das Ausleihen niemals gerne gehabt. Es ist gerade so, wie wenn man sich von Freundinnen einen Mantel oder Pelz leiht – dann gefällt er mir, kleidet mich besonders gut, und ich ärgere mich, wenn ich ihn zurückgeben soll. Man kann es auch vergessen oder etwas daran ruinieren, und dann ärgert sich die Freundin. Es gibt immer leicht Unannehmlichkeiten für beide Teile.

Übrigens habe ich gar nicht erst versucht, ihm das zu erklären, es ist unpraktisch, sich mit dem objet aimé über diese Fragen zu unterhalten. Ich finde es viel hübscher, wenn er sich bei der Heimreise auf ein Wiedersehen freut.

Und Sie? – Sie können es sicher immer noch nicht begreifen, daß ich mich in ein objet verlieben kann, aus dem ich mir im Grunde gar nichts mache, mit dem man sich nach zwei, drei Stunden zu Tode langweilt und nie im Leben ein richtiges Teegespräch führen könnte. Aber Sie dürfen eigentlich ganz damit einverstanden sein, ich meine, es hat sich doch immer alles aufs schönste ergänzt. Mir schien auch, daß Sie sich in Ihrer diesmaligen Rolle als „Konversationsliebe“ ganz wohl fühlten. Zu Ihnen flüchtete ich mich immer wieder, wenn er gar zu stumpfsinnig wurde. Nur, wenn wir einmal unseren richtigen Platz nicht bekamen und Sie, fern vom Kamin, zu tiefgründig waren – dann bekam ich wieder Sehnsucht nach ihm und stahl mich ans Telephon. – Zum Beispiel, als Sie verlangten, ich sollte Hölderlins Hyperion lesen – oder wollen Sie immer noch nicht zugeben, daß Ihr Ansinnen deplaciert war? Im Süden und wenn man gerade romantisch aufgelegt ist – mit Vergnügen. Aber bei *dem* Regen und unter diesen Umständen – ich hab's ja versucht, aber das einzige, was mir Eindruck machte, war die Stelle: „Guter Junge! es regnet.“ Und das gab meine Empfindungen so erschöpfend wieder, daß ich ganz glücklich war. Aber ich glaube, das haben weder Sie noch er begriffen.

Denken Sie darüber nach, lieber Freund, und leben Sie für heute recht wohl.

2

Ich fürchte, ich werde mich nie daran gewöhnen, meine Briefe zu datieren. Tue ich es einmal, weil ich denke, es müßte sein – so ist das Datum gewöhnlich falsch. Man weiß es gerade nicht, hat keine Lust, erst nachzusehen, und schreibt irgendein beliebiges hin, – weil es doch ganz gleichgültig ist, ob mein Brief am dritten oder am zehnten November geschrieben wurde. Ich datiere eigentlich nur, wenn ich einen Brief verbummelt habe und meine Nachlässigkeit beschönigen will. Und dann schreibt man natürlich absichtlich ein falsches Datum. Ich halte das, wie so viele kleine Lügen, für eine liebenswürdige Rücksicht, durch die man anderen ein ärgerliches Gefühl erspart.

Bei den ersten Jugendlieben schrieb ich immer ein pathetisches Datum: sieben Uhr morgens – die Vögel zwitschern schon vor meinem Fenster; – ob sie wirklich zwitscherten, weiß ich heute nicht mehr zu sagen, aber es machte sich so hübsch. Oder: Mitternacht – meine Tante ist schon schlafen gegangen – –

Soll ich das bei Ihnen auch so machen? Etwa: zwei Uhr früh – eben geht er die Treppe hinunter – die Stufen knarren, und es wäre mir sehr peinlich, wenn man ihn hörte.

Sie würden natürlich gleich alles mögliche wissen wollen: wer denn? – und wieso? – und was gefällt Ihnen nun schon wieder an diesem Menschen?

Ich hab's ja gleich gewußt, o Freund meiner Seele, als Ihr Brief kam. Gleich gewußt, daß Sie Ihr Steckenpferd – man könnte es allmählich wohl eher als Streitroß bezeichnen – wieder gehörig tummeln würden. Kann man Sie denn immer noch nicht davon kurieren? Sind wieder einmal alle Teegespräche und alle Demonstrationen am lebenden Objekt umsonst gewesen? Ich fürchte: ja – Sie werden stets von neuem beklagen, daß gerade die Frauen, die man am meisten schätzt, so „furchtbar wahllos“ sind. – Und ich habe gar keine Lust, Ihnen immer wieder etwas vorzuleben, damit Sie zur Einsicht kommen. Ich müßte mich denn zur Abwechselung einmal nach *Ihrem* Geschmack richten, und das – nein, das ist zu viel verlangt.

Übrigens behauptet fast jeder Mann, man sei wahllos. Der eine begreift nicht, daß man sich in einen Friseurtypus oder Tenor verlieben kann, und würde Naturburschen verzeihlicher finden. Der andere hat keine Auffassung dafür, daß exotischer Typ und gebrochenes Deutsch zu den unwiderstehlichen Attraktionen gehören.

Nun – das wenigstens haben Sie mir ja manchmal nachfühlen können. Aber für „Paul“ hatten Sie kein Verständnis – gar keines. Sie fanden es nicht recht der Mühe wert, daß ich seinetwegen hierher fuhr, daß Sie Ihr eigenes Reiseprogramm umstürzen und wir beide vierzehn Tage im Regen herumlaufen mußten. Es tut mir leid, aber ich muß bei dem Gedanken so lachen, daß meine Teenachbarn mich eben ganz erstaunt ansehen.

Ja, Paul – Paul war in diesem Fall nur ein Sammelname. Er hieß gar nicht Paul – er war es nur. Es gibt eine bestimmte Art von Erlebnis, das ich Paul nenne, aus dankbarer Erinnerung an seinen ersten Vertreter. Ich meinte auch, ich hätte Ihnen das schon einmal erklärt, aber Sie haben es anscheinend nicht ganz begriffen.

Paul ist eine Begebenheit, die immer von Zeit zu Zeit wiederkehrt. Nicht etwa, weil sie besonders tiefen Eindruck gemacht hätte – im Gegenteil, Paul ist immer etwas Lustiges, Belangloses, ohne Bedenken und ohne Konsequenzen. Aber er kommt immer wieder, wenn auch jedesmal in etwas veränderter Form und Gestalt.

Paul kann alles mögliche sein, verheiratet oder Junggeselle, Leutnant, Ingenieur, junger Arzt, Afrikareisender, – es kommt auch vor, daß er gar keinen Beruf hat. Manchmal ist er auch „drüben" geboren, dann nennt er sich Pablo und rollt das R – vorausgesetzt, daß der Vorname stimmt, was merkwürdigerweise oft, aber natürlich nicht immer der Fall ist.

Man lernt ihn in Sommerfrischen, in Hotels und auf Reisen kennen; an einem festen Wohnort – nein, ich glaube kaum, höchstens wenn er sich vorübergehend dort aufhält. Zu Paul gehören immer Koffer und Kellner, irgendeine momentane und geräuschvolle Umgebung. Man erkennt ihn auf den ersten Blick, wenn er einem im Coupé gegenübersitzt oder in ein Hotel hereinkommt, weiß sofort: das ist Paul. Es dauert auch nie sehr lange, bis man sich kennt, duzt (mit Paul muß man sich duzen, es geht nicht anders) und ganz genau weiß, wie sich nun alles entwickeln wird. Ich habe mir auch angewöhnt, ihn immer so zu nennen. Wenn ich das erstemal sage: du – Paul, – so ist er sehr erstaunt und fragt, mit wem ich ihn jetzt verwechselt habe. – Nun, mit Paul natürlich – und dann bleibt es dabei. Ich hüte mich wohl, ihn aufzuklären, daß es in Wirklichkeit gar keine Verwechselung ist. Er würde es nicht verstehen.

Paul ist auch selten eifersüchtig, wahrscheinlich, weil er sich seiner wechselvollen Vergänglichkeit dunkel bewußt ist. Er wird mir auch sicher niemals Vorwürfe über meine Wahllosigkeit machen.

Und Sie denken jetzt wohl: Gott sei Dank, daß ich nicht Paul bin. Sie haben nicht ganz unrecht – Paul wird in der Regel bald langweilig, und man entflieht ins Tea-room.

3

Gestern habe ich lebhaft an Sie denken müssen. – O Regenstadt – o Tea-room – o Teegespräch!

Ich habe inzwischen verschiedene Leute kennen gelernt, und diese verschiedenen Leute saßen gestern hier an unserer geheiligten Stätte zusammen und verrannten, verbohrten, verwickelten sich in ein endloses Gerede über Liebe, Erotik und was dazu gehört.

Apropos – Erotik – ich kann das Wort bald nicht mehr hören. Schade, daß es kein anderes dafür gibt. Die allerunmöglichsten Leute führen es schon im Munde und schmücken ihre unsympathischen oder obskuren Erlebnisse damit. Es geht nicht mehr, wir sollten es uns abgewöhnen – ja, aber im Teegespräch müssen wir es wohl faute de mieux einstweilen noch beibehalten, da hört es ja auch niemand.

Was wollte ich Ihnen denn erzählen? – Daß diese Leute wieder einmal das Wesen aller Dinge endgültig feststellten, alles schön sortierten, in Schachteln taten und Etiketten daraufklebten, nach meinem Gefühl aber immer in die falsche Schachtel und mit falscher Etikette.

Liebe und Erotik zum Beispiel kamen in denselben Karton. Ich brauchte nur bis Paul zu denken – oder, wenn es Ihnen lieber ist, an Sie, um das unbillig zu finden.

Ach, mein Gott, wenn alles immer Liebe oder auch nur etwas Ähnliches sein sollte, wo käme man da hin? Jedesmal Seligkeit, wenn es anfängt, „Konflikte", während es dauert, und große Tragik, wenn es zu Ende geht – so etwa schienen diese Gerechten es sich vorzustellen – nein, das möchte wirklich zu weit führen.

Die Frau wolle doch wenigstens die Illusion haben, daß sie liebt, wenn sie einem Manne angehört, – meinte jemand, und die anderen stimmten ihm bei.

Das ist hart, sehr hart. Schon das diktatorische. *die* Frau, *der* Mann. Wer sind diese Frau und dieser Mann?

Warum wohl überhaupt diese Sucht, diese schöne Vielfältigkeit des Lebens und all seiner Möglichkeiten abzuleugnen oder wenigstens nach Kräften einzuschränken? Wie Kellner – es gibt solche –, die gerne die große Speisekarte wegstecken, damit man das bequeme, aber unausstehliche Menü wählen soll.

„Man“ tut doch schließlich in erster Linie, was einen freut und weil es einen freut. Und das ist natürlich jedesmal etwas anderes. Es kann wohl manchmal Liebe und „große Leidenschaft“ sein, aber ein andermal – viele, viele andere Male ist es nur Pläsier, Abenteuer, Situation, Höflichkeit – Moment – Langeweile und alles mögliche. Jede einzelne Spielart hat ihre besonderen Reize, und das Ensemble aller dieser Reize dürfte man wohl Erotik nennen.

Es kommt „der Frau“ auch gar nicht in den Sinn, sich immer einzureden, daß es Liebe ist, im Gegenteil, das wäre ihr manchmal nur peinlich, und sie ist recht froh, daß es sich anders verhält. Man braucht doch auch Erholung vom Ernst des Lebens.

Und Liebe? Unter Liebe verstehe ich – nun, eine seriöse Dauersache. Aber Sie dürfen mir diesen Begriff nicht zu optimistisch auffassen. Dauersache ist alles, was – sagen wir, was monatelang dauert – seriöse Dauersache, wenn es viele Monate sind; über ein Jahr, – dann wird es schon Verhängnis mit einem Stich ins Ewige. Natürlich gibt es auch Dauersachen mit Unterbrechung und viele andere Variationen.

Damit war meine gestrige Gesellschaft durchaus nicht einverstanden, und man versuchte mich mit vielen Fragen in die Enge zu treiben. Aber dann mache ich mir's bequem und verstumme. Ich habe überhaupt nicht viel Sinn für theoretische Fragen, außer, wenn es mich momentan reizt zu widersprechen. Das ganze Gerede ist so überflüssig, es sollte wenigstens Konversation bleiben – wie mit Ihnen. Dann hat es seinen Reiz.

Und wie angenehm, daß man als Frau keine Logik zu haben braucht! Denken Sie, wenn ich all meine mühsam erworbene Lebensweisheit in Schachteln ordnen sollte – ach nein, ich werfe lieber alles durcheinander in eine Schublade und hole gelegentlich heraus, was mir – oder anderen Spaß macht.

Im Anschluß an das Liebesproblem kamen natürlich auch die „wertvollen Menschen" aufs Tapet – also Wasser auf Ihre Mühle –, die wertvolle Frau, die so oft und unbegreiflicherweise ihr Gefühl an unwürdige Objekte verschwendet, und der wertvolle Mann, der ungeliebt beiseite steht, ja und so weiter, die ganze Litanei.

Teuerster Doktor, gerade damit haben Sie mir ja auch so oft, so oft zugesetzt. Und ich habe mich so redlich bemüht, Ihnen plausibel zu machen, daß innerer Wert gar nichts mit erotischer Attraktion zu tun hat. Wenn mir jemand gefällt, frage ich doch den Teufel danach, wie es mit seinem inneren Wert bestellt ist. Kommt beides zufällig zusammen – tant mieux. Dann ist es natürlich auch etwas anderes wie die bloße Aventiure, die keine Fortsetzungen verträgt, weil der Partner einem als Mensch ganz gleichgültig ist und man nichts mehr mit ihm anzufangen weiß.

Geht es um Ernstliches, so muß allerdings irgend etwas dasein, was für mich persönlich Wert hat, mir erfreulich, wohltuend, unentbehrlich erscheint oder mir imponiert, kurz, was ich haben möchte. An denen, die man liebt, will man wohl irgend etwas schätzen, manchmal schätzt man sie auch in Bausch und Bogen oder bildet sich's wenigstens eine Zeitlang ein.

Ja, das ist dann Liebe, solange die Attraktion dauert; und wenn sie aufhört, so ist es unangenehm, weil man sich wirklich gerne hat.

Ich halte schon deshalb nichts davon, daß man sich allzu intensiv zusammenlebt und dann in bitterem Leid auf Nimmerwiedersehen auseinandergeht. Bei jeder besseren amourösen Angelegenheit sollte Anfang und Ende überhaupt nicht so scharf umrissen sein.

Ja, ich habe bei dieser angeregten Abendunterhaltung mein stilles Vergnügen gehabt, und wenn ich meine eigenen Amouren Revue passieren lasse, die tragischen und die heiteren, seriöse Dauersachen und flüchtige Minnehändel – wie sie sich nacheinander, nebeneinander und durcheinander abspielten –, so fügt sich für mein Empfinden alles ganz von selbst zur schönsten Harmonie zusammen. Auch wenn – cher ami, das gilt Ihnen mit – andere Leute so oft etwas daran auszusetzen haben.

4

Ganz richtig, das ist sonderbar – gerade wir bösen, unbeständigen Menschenkinder werden oft so ungemein ernsthaft geliebt, wie man nur unbescholtene junge Mädchen und „anständige" Frauen lieben sollte. Zumeist wohl von den „dummen Jungen", und das ist sehr hübsch – ich habe große Sympathie für sie –, manchmal aber auch von ganz intelligenten Männern mit innerem Wert, und damit ist dann nicht so leicht fertig zu werden. Besonders, wenn sie uns zwingen wollen, Tiefen zu offenbaren, über die wir gar nicht verfügen.

Am schlimmsten ist der Typus „Retter" – und glauben Sie mir, man darf sich noch so weit und noch so lange auf der schiefen Ebene befinden, es tauchen immer wieder Männer auf, die uns durch wahre Liebe retten wollen.

Vielleicht darf man das nicht so verallgemeinern, ich kann ja nur aus eigener Erfahrung reden und mache möglicherweise einen ganz besonders rettungsbedürftigen oder -geeigneten Eindruck. Wie auch die geistlichen Erzieher meiner frühen Jugend immer noch einen guten Kern in mir entdeckten und die Hoffnung nie ganz aufgaben.

Der Retter meint es gut und aufrichtig, schon das ist schwer zu ertragen. Und er leidet durch die Bank an unheilbarer Selbstüberschätzung, hält sich eben für den, der imstande sei, unser zerflattertes Liebesleben einzufangen und auf einen Hauptpunkt, nämlich auf sich selbst, zu konzentrieren. Er findet, es sei ein Jammer, daß wir uns zeitlebens so weggeworfen haben, an so viele, die es nicht wert waren (darin würden sie sich also ganz gut mit ihm verstehen) – ja, wenn wir nur einmal an den Rechten gekommen wären – wie anders, Gretchen! Der Retter hält sich – das liegt auf der Hand – für den, der es selbst jetzt noch vermöchte, das Wunder zu vollbringen. Dabei ist er trotz allem – wie schade um diese Frau – merkwürdig tolerant gegen unsere Vergangenheit, empfindet sie mehr als Verirrung: ihr ist viel vergeben, denn sie hat viel geliebt. Sie hat keinen Halt in sich selbst und keinen an anderen gehabt, hat sich von ihrem Temperament hinreißen lassen, und das haben die schlechten Männer sich zunutze gemacht.

Ja, er läßt es an Verständnis nicht fehlen und ist überzeugt, man habe jeden, dem man sich „hingegeben“, glühend und tief geliebt, aber er war es natürlich in den seltensten Fällen wert. Der Retter sagt gerne: „Armes Kind“ und streicht einem dabei die Haare aus der Stirn – eine unausstehliche Angewohnheit, man darf nie vergessen, ein Taschenkämmchen mitzunehmen.

Manchmal bietet er auch pekuniäre Hilfe an, aber mit dem Gefühl, daß für „sie“ doch eigentlich etwas Degradierendes darin liegt und es ihr sehr peinlich sein müsse (ach, Doktor, es ist ihr durchaus nicht peinlich, sie tut nur manchmal so – aus guter Erziehung).

Die Bekanntschaft mit dem Retter ist natürlich immer ein Mißgriff und entspringt irgendeinem unglücklichen Zufall, zum Beispiel aus momentaner Sentimentalität oder einer unangenehmen Situation, die durch ihn behoben wird – oder wenn man sich gerade mit jemand anders gezankt hat. Man fällt ihm eben bei irgendeiner Gelegenheit in die Arme.

Der Retter will kein Philister sein – Gott bewahre. Er verwirft auch die illegitimen Liebesfreuden an sich durchaus nicht, faßt sie nur viel zu ernst auf und sucht ihnen eine ethische Weihe zu verleihen. Er betrachtet jede Schäferstunde als Anlaß zu ernsten Gesprächen und zu heillosem Ausfragen – besonders in bezug auf Zahlen und Daten (und man rechnet doch so ungerne und sagt nie die Wahrheit – der Retter würde sie auch nicht vertragen).

Trotz der schlagendsten Gegenbeweise hält er an dem Dogma von der monogamen Veranlagung der Frau fest.

Er ist unbequem und nimmt es übel, wenn man nicht viel Zeit für ihn übrig hat. So schlägt er gerne mehrtägige Ausflüge vor, damit man einmal wirklich etwas voneinander hat und alles Trübe und Schwere von sich abschütteln kann – in Klammern: weil man draußen in Gottes freier Natur sicherer ist, daß die geliebte Frau nicht so oft alten Bekannten begegnet oder daß es plötzlich klingelt und alle möglichen Leute zum Tee kommen, von denen man nicht recht weiß, warum und wieso?

Ach Gott, und ich finde amouröse Ausflüge überhaupt eine unglückliche Erfindung – ich kann sie nicht ausstehen, vor allem nicht mit Rettern oder mit wertvollen Menschen. Höchstens mit

Paul – oder vielleicht mit Ihnen – Pardon, pardon, daß ich Sie schon wieder mit Paul zusammenstelle und so oft auf seine Vorzüge zurückkomme. Es geschieht wirklich nicht aus Bosheit, aber ich lebe immer noch mit einem Fuß in der jüngsten Vergangenheit, in der schönen Zeit unseres Dreiecks.

Mit dem Retter dauert es übrigens meist nicht lange. Er wünscht selbstredend eine seriöse Dauersache, und man lehnt tragisch ab: zu spät – man kennt sich selbst zu gut – leider – es bringt niemand Glück, mich zu lieben – besser, man geht seinen dornenvollen Pfad alleine weiter, bis es ein Ende mit Schrecken nimmt. Oft wünscht der Retter sich ein Kind – gerade von dieser Frau – ich weiß nicht warum, vielleicht weil sie dann in seinen Augen „ganz anders dastehen würde" –, und er nimmt es übel, wenn sie lieber darauf verzichtet.

In diesem Fall würde er sie als Ehrenmann selbstverständlich heiraten, sie dürfte auch um des Kindes willen nicht nein sagen. Einer von meinen Rettern wollte mich auch ohne Kind heiraten; er war verlobt, als wir uns kennen lernten, und löste dann seine Verlobung auf. Stellen Sie sich meinen Schrecken vor, als er mir das freudestrahlend mitteilte – wir trafen uns im Bahnhof, um aufs Land zu fahren –, ich war geradezu entsetzt. Gott sei Dank wurde er daraufhin an mir irre, und ich fuhr nicht mit ihm aufs Land, sondern ohne ihn nach Hause. Daher stammt wohl auch meine Idiosynkrasie vor Ausflügen. Diese Art Menschen wollen ja auch immer ein „volles Glück", wenn sie heiraten, und das hätte er an meiner Seite schwerlich gefunden. Die Idee vom „vollen Glück" hat für mich immer etwas so Trostloses, Bedrückendes. Es klingt so peinlich definitiv, als ob dann alles vorbei wäre, wie wenn man sich schon bei Lebzeiten seinen Sarg bestellt.

Nur als Backfisch habe ich auch eine Zeitlang davon geträumt: Eines schönen Tages wird man heiraten, und dann ist man glücklich, die Sache ist erledigt. Aber dann wieder – ich erinnere mich deutlich an einen Ball im Elternhause, wo ich zum erstenmal mittanzen durfte und meine Gefühle in großer Verwirrung waren. Ich war vierzehn Jahre alt, die Tänzer behandelten mich wie eine erwachsene Dame, nannten mich Sie und sagten mir schöne Sachen. Und in drei von ihnen war ich zum Sterben verliebt. Ich sehe sie noch vor mir, alle drei waren sehr elegant und trugen die modernsten Stehkragen – ich weiß nicht, warum gerade die Kragen mir so viel Eindruck machten. Zwei waren brünett und einer blond. Die beiden Brünetten gefielen mir beinah noch besser, aber ich liebte auch den Blonden. Und ich weiß noch so gut, wie ich damals dachte, daß man doch immer nur einen Mann heiraten könnte; wenn man nun aber dreie liebt – was dann? Die Frage hat mir viel Kopfzerbrechen gemacht. – Übrigens trugen sie alle drei Zwicker – ich hätte mich dazumal nie in einen Mann ohne Zwicker verliebt, er wäre mir nicht ganz vollständig vorgekommen.

Sehen Sie, all diese armen Leute mit dem vollen Glück werden doch nur einmal wirklich glücklich, und wir werden und sind es so oft. Daß wir es nicht ewig bleiben – nun, daran glaube ich auch bei den anderen nicht recht. Der Rausch verfliegt, und was dann? – Die Räusche verfliegen auch, aber es kommen neue.

Mein lieber Freund, der Retter ist ein unlustiges Thema – er fällt auf die Nerven, auch wenn man nur von ihm spricht. Er wirkt wie eine schwüle Atmosphäre, der man so bald als möglich wieder entrinnen möchte.

Also – ich entrinne hiermit – Ihnen, den Rettern und dem Briefeschreiben. – Hätte ich doch immer einen so guten Vorwand, wenn ich nicht mehr schreiben mag.

5

Ich bitte Sie, liebster Doktor, schelten Sie nicht schon wieder über meine Zerstreutheit – gerade Sie haben verhältnismäßig wenig darunter zu leiden gehabt, ich verwechsele Sie schon längst nicht mehr mit anderen Bekannten – ich weiß immer, wer Sie sind und wie wir miteinander stehen.

Sie können beim besten Willen nicht begreifen, daß ich Frau R., mit der wir einen so netten Abend verlebten, nicht wiedererkannte? – Damen erkenne ich fast nie wieder, sie sehen doch jedesmal anders aus – andere Toiletten, andere Hüte, andere Begleiter – –

Und der nette Abend hat Ihnen anscheinend mehr Eindruck gemacht wie mir. Du liebe Zeit, ich habe mehr wie einmal Leute nicht wiedererkannt, mit denen ich noch viel nettere Abende verlebt hatte – und die es mir tödlich übelnahmen.

Ihr Brief gefällt mir überhaupt nicht sehr, er klingt etwas trübselig und verstimmt. Und ich bin gerade so guter Laune, so ohne jeden Grund seelenvergnügt. Das ist bei mir ja öfters der Fall, und ich weiß schon, daß es manche Mitmenschen geradezu irritiert. Sie nehmen Ärgernis daran, daß man ohne Anlaß glücklich ist, um so mehr, wenn man infolge aller möglichen Lebensumstände Grund genug hätte, sich unglücklich oder wenigstens unbehaglich zu fühlen.

Aber sei dem, wie es will – ich kann diese schwarze Stimmung bei Ihnen nicht ausstehen – mich macht es wiederum nervös, wenn ich jemand ohne schwerwiegende Veranlassung Trübsal blasen sehe. Und ich habe den edlen Vorsatz, Sie ein wenig zu trösten.

Wären Sie hier, dann könnte ich Ihnen doch wenigstens die Falten von der Stirn streichen oder – je vous donnerais une de ces heures, qu'un homme n'oublie jamais. (Diese hübsche Wendung ist leider ein Plagiat, ich habe sie irgendwo gelesen.) Aber Sie sind nicht da und grollen nur irgendwo in der Ferne, weil ich Frau N... gegenüber einen so heillosen faux-pas begangen habe. – Schade, daß Sie nicht dabei waren, wie ich sie im Vorbeigehen leutselig auf die Schulter tippte: „Ja, Lily, wie kommen Sie denn hierher? – Doktor R... ist schon fort!“ Das Gesicht, mit dem sie sich da umdrehte, werde ich nie vergessen.

Es ist auch ein Kreuz, daß sie ganz genau weiß, um wen es sich handelt, und jetzt natürlich glaubt, „jene Person“ sei mit Ihnen hier gewesen. – Was tun? – Soll ich ihr einen Besuch machen und Ihre Schuldlosigkeit dartun? – Ich fürchte, es würde nur das Gegenteil erreicht und Frau N... möchte unsere Beziehungen falsch einschätzen.

Armer Freund, da habe ich Ihnen einen rechten Henkersdienst erwiesen, und ich trachte doch immer nur danach, Sie glücklich zu machen.

Soll Ich Ihnen als Balsam für diese Wunde von einer Frau erzählen, die manchmal noch viel zerstreuter war als – nun, als ich bei der Begegnung mit Frau N...?

Sie behauptete und behauptet immer noch, es sei eine Art Neurose. Ihr Gedächtnis in bezug auf Persönlichkeiten und Begebnisse sei zeitweilig überbürdet worden und habe dadurch gelitten. Sie geriet denn auch manchmal in eine Art somnambulen Zustand, verwechselte alles und alle – Situationen, Personalien, Erlebnisse, Namen, Gesichter – und schuf sich und anderen manches Herzeleid. Eben diese Dame reiste viel herum und, wie es nun einmal zum Reisen gehört, mit verschiedenen Begleitern und unter verschiedenen Namen. Dabei geschah es des öfteren, daß sie den gegenwärtigen Zustand mit irgendeinem früheren verwechselte, zum Beispiel von Bukarest nach Konstantinopel telegraphierte: „Komme mir bis Salzburg entgegen –“ und einen

Namen darunter, den der Betreffende noch nie gehört hatte. Oder wenn sie mit Sir John auf dem Starnberger See eine Segelpartie machte, sagte sie plötzlich aus tiefem Sinnen heraus: „Du – Hans, wie das Mykalegebirge heute klar ist – wir sollten doch morgen einmal nach Smyrna hinüberfahren.“ (Worauf Sir John antwortete: „Very well, aber ich wollte lieber morgen früh in Norwegen Supper essen.“)

Zu ihrem Leidwesen besaßen nicht alle ihre Freunde soviel liebenswürdige Anpassungsfähigkeit. So hatte sie einmal eine ungewöhnlich dauerhafte und in jeder Beziehung erfreuliche Liaison, auf die sie sehr viel Wert legte. Es wurde sogar ernstlich erwogen, ob man sich nicht heiraten solle. Der Mann war wohlhabend, sympathisch und viel auf Reisen – und sie befand sich gerade in einer jener inneren Krisen, wo man sich nach Ruhe und nach einer „Basis“ sehnt. Aber ein unglücklicher Zufall, wie sie es nannte, gab der Sache eine andere Wendung.

Der Betreffende war einige Monate verreist gewesen, und als sie zum erstenmal wieder einen Abend mit ihm verbrachte, ging sie, nicht ohne innere Bewegung, durch sämtliche Räume seiner Wohnung und feierte Wiedersehen mit allen vertrauten

Gegenständen. Dabei blieb sie plötzlich in der offenen Tür zum Schlafzimmer stehen, betrachtete nachdenklich das breite englische Messingbett und sagte: „Du – die Seide an dem Bett war doch immer rot – warum hast du es jetzt in Grün machen lassen? Und wo ist der Kranich geblieben?“

Ja, und dann konnte sie zuerst nicht begreifen, warum diese harmlose Äußerung ihn so verstimmte – die Seide war immer grün gewesen und grün geblieben, aber es gab genau dasselbe Bett in Rot, und das stand in der Wohnung eines ihrer gemeinsamen Bekannten. Und darüber am Plafond hing ein ausgestopfter Kranich mit ausgebreiteten Flügeln, der sich langsam drehte, wenn das Zimmer stark geheizt war. Der gemeinsame Bekannte hatte eben einen sonderbaren Geschmack – und der ausgestopfte Kranich über seinem roten Bett war schuld daran, daß unsere zerstreute Freundin wieder einmal nicht dazu kam, ihr Dasein auf eine feste Basis zu stellen.

So etwas ist Schicksal. – Der Mann meinte nachher, sie sei doch wohl nicht zur Ehe prädestiniert, denn sie würde bei jeder Gelegenheit wieder Grün mit Rot und stilisierte Ampeln mit Kranichen verwechseln.

Ja, ja – Zerstreutheit in amore soll eine bedenkliche Sache sein.

Trotzdem haben Sie, lieber Doktor, noch unlängst eben diese Eigenschaft bei einer Dame Ihrer Bekanntschaft als reizvollen Zug bezeichnet und verschiedene liebenswürdige Bosheiten darüber gesagt. Unter anderem wollten Sie öfters und mit Vergnügen beobachtet haben, wie sie den ganzen Abend irgendein langweiliges oder unausstehliches Vis-à-vis aus reiner Gedankenlosigkeit überaus seelenvoll ansah. Das unausstehliche Vis-à-vis glaubte schon eine ganze Welt von Empfindung in ihr geweckt zu haben, aber sie hatte nur an jemand anders gedacht und war höchst erstaunt, wenn es Konsequenzen daraus ziehen wollte.

Sie haben mir auch erzählt, wie Sie diese Ihre Freundin eines Abends abholten – sie stand vor einem Schrank und suchte endlos nach ihren Handschuhen. Sie halfen ihr suchen, und dabei kam es zu einigen liebenswürdigen Annäherungen Ihrerseits, die sie gelassen annahm und erwiderte. Sie – der Doktor R… – dachten: endlich! Denn der Fall war konversationsweise schon mehrmals zwischen Ihnen beiden erörtert worden.

Sie fühlten sich dann nachher etwas enttäuscht, als Ihre Freundin Sie bei Tisch seelenvoll ansah und sagte: „Nehmen Sie es nicht übel, aber ich muß jetzt die ganze Zeit darüber nachdenken, ob ich Ihnen nicht schon einmal an diesem Schrank einen Kuß gegeben habe, wie ich meine Handschuhe nicht finden konnte – ja, nein – richtig – da hab' ich ja den Schleier gesucht und – – –“

Armer Doktor, an dem Abend fanden sie den amourösen Somnambulismus, wie Sie es nannten, gar nicht „reizvoll“ und malten ihr mit einiger Bitterkeit aus, wie es in noch intimeren Situationen wirken möchte, wenn die geliebte Frau plötzlich sagt: „Hören Sie – wir haben uns doch schon früher – ja, nein – Pardon – damals kannte ich Sie ja noch gar nicht.“

Leben Sie wohl – es ist spät, und wenn ich noch weiter schreibe, könnte ich vielleicht zu indiskret werden.

6

Dankend quittiert, cher ami.

Ihre Niederträchtigkeiten sind mir viel lieber als Ihre sentimentalen Anwandlungen.

Lassen wir Frau N... begraben sein... wenn Sie es verschmerzen können.

Und mein Ruf... nein, wissen Sie – in diesem Punkt muß ich Sie doch wohl etwas enttäuschen. Ich stehe gar nicht so sehr über diesen Dingen, wie Sie meinen.

Manchmal finde ich es verzweifelt unbequem, einen schlechten Ruf zu haben. Wäre ich noch einmal achtzehn Jahre alt, so würde ich die Sache anders angreifen, mich entweder ganz in die Tiefe begeben oder darauf schauen, gesellschaftlich durchaus oben zu bleiben. Der Mittelweg ist in diesem Fall an Freuden vielleicht reicher, aber jedenfalls bei weitem der unbequemste. Die Leute wissen so oft nicht, für was sie einen nehmen sollen.

Und der schlechte Ruf verpflichtet. Man kann sich so vieles nicht leisten, was eine unbescholtene Frau ruhig tun darf.

Jedes männliche Wesen, mit dem man über die Straße oder ins Restaurant geht, wird einem aufgerechnet. Sind es zufällig vier oder fünf an einem Tag, so werden alle vier oder fünf gebucht.

Folglich ist es peinlich, wenn man mit einem alten Professor oder mit drei grünen Jungen gesehen wird oder wenn ein Jugendfreund in Velvethosen uns anspricht. Man dürfte sich nur mit solchen sehen lassen, die einem stehen oder die man sich gerne nachsagen läßt.

Bedenken Sie nur, wie viele Schwierigkeiten sich daraus ergeben und was für komplizierte Schiebungen manchmal notwendig sind. Es gab eine Zeit – zu meinem Leidwesen muß ich es erwähnen –, wo ich mich in einer solchen Lebensekstase, in einem so fortgesetzten Herzenstumult befand, daß ich wenig oder gar keinen Blick für dergleichen Äußerlichkeiten hatte. Es wird mir in der Erinnerung wirklich schwer, mich da hinein zu denken, aber ich weiß es als historische Tatsache. Und dazumal habe ich wohl mein Renommee schon so übel zugerichtet, daß es sich nie wieder ganz erholt hat.

Das war dumm, ungeheuer dumm, und ich würde heute jedem blutjungen Mädel, das leben und kompromittieren verwechselt, aufs dringendste raten, seinen Ruf zu wahren, bis es in dieser oder jener Welt – ich meine in Lebekreisen oder in der Gesellschaft – eine feste Position hat. Die Ausnahmestellung zwischen beiden Welten ist vom Übel, außer wenn sie ungemein glänzend finanziert ist.

Und Sie? – fragt mein Freund, der Doktor. – Cher ami, Anwesende sind immer ausgenommen. – Ich weiß in jeder Blüte den Honig zu finden und lasse das Gift wohlweislich darin. So habe ich auch gar keine Neigung, unter diesen Kalamitäten zu leiden, sie sind mir höchstens lästig und machen mich gelegentlich nervös.

Nehmen wir an, ich kenne einen wirklich reizenden Menschen, mit dem ich mich sehr gerne unterhalte, aber er trägt Künstlerhüte oder einen unmöglichen Kragen – läßt es sich auch nicht abgewöhnen, denn er befindet sich ganz wohl dabei. Es würde mir sicher Vergnügen machen, einen Abend mit ihm zusammen im Café zu sitzen – mein Ruf verbietet es mir. Der Schlapphut würde sofort zu meinen Intimen gerechnet, und das lasse ich nicht gerne auf mir sitzen. Auch wenn es ein noch so wertvoller Mensch ist, lieber Doktor.

In M... gab es in alten Zeiten ein verschwiegenes und entlegenes Weinrestaurant, das ich zu solchen Zwecken kultivierte. Ich will Ihnen die Adresse gern verraten und auch, daß ich manche meiner männlichen Bekannten dort getroffen habe, – wenn sie mit der Toilette oder der sozialen Rangstufe ihrer Begleiterinnen nicht ganz einverstanden waren. Man wechselte dann einen stummen Blick, verstand und ignorierte sich. Und die, mit denen ich hinging, pflegten sich über meine Vorliebe für dieses mesquine Lokal zu wundern. Eben diese Leute, die keinen Wert auf ihr Äußeres legen, gehen mit Vorliebe in elegante Restaurants, um zu zeigen, daß auch sie zu leben verstehen.

Oder man muß in solchem Fall den bösen Schein durch irgendeinen starken Gegensatz korrigieren.

Erinnern Sie sich noch an den deprimierten Jüngling, den ich mir vergangenes Jahr an die Sohlen geheftet hatte, wie Sie so hübsch zu sagen pflegten? Er war zum Verzagen langweilig, aber unwiderstehlich, absolut unwiderstehlich elegant.

Als ich ihn gerade kennen gelernt hatte und noch nicht unterzubringen wußte, fanden Lily – Ihre Lily und ich – zufällig ein Inserat in der Zeitung, das uns frappierte. Es lautete: „Elegante Begleitdogge zu verkaufen –“ oder zu kaufen gesucht, das weiß ich nicht mehr.

Nach diesem Inserat wurde der Jüngling dann benannt und eingereiht.

Bei mir war gerade saison morte, ich hatte eine Herzensangelegenheit, die mich sehr in Anspruch nahm und in jeder Beziehung ganz nach Wunsch war, bis auf eine pathologische Vorliebe für farbenfrohe Krawatten. Ich machte es mir zur Lebensaufgabe, ihn davon zu heilen. Wie oft, ach, wie oft saßen wir stundenlang im Laden und ließen uns Krawatten, immer nur Krawatten vorlegen. Ich bot all meinen Einfluß auf, aber selbst wenn nach schwerem Kampf eine annähernd glückliche Wahl zustande gekommen war, so entdeckte er sicher im letzten Moment noch irgendein furchtbares Blau, Gelb oder Violett, das er durchaus haben mußte. Ich habe ihn wirklich geliebt, aber die farbenfrohen Krawatten kosteten mich meine Seelenruhe. Auf die Länge war es geradezu aufreibend. Meine einzige Erholung war die elegante Begleitdogge, denn man konnte überall und ohne Hemmungsgefühle mit ihr hingehen. Sie war immer vorhanden – immer melancholisch und immer tiptop wanderte sie unentwegt mit langen Schritten und müder Haltung neben mir durch Straßen und Restaurants.

Gesprochen haben wir – der Jüngling und ich – oft stundenlang kein Wort, oder er schüttete mir sein wundes Herz aus, und ich hörte zu. Er hatte eine larmoyante Stimme und eine larmoyante Seele. Niemals konnte er die Frau finden, die er suchte, und wenn er sie einmal fand, wie zum Beispiel mich, so hatte sie gerade eine seriöse Dauersache mit farbenfrohen Krawatten. Darüber konnte er, wenn wir zusammen waren, endlos fortjammern, immer in derselben Tonlage. Unter anderen Umständen wäre mir das vielleicht schrecklich auf die Nerven gefallen, aber so wie alles lag, erholte ich mich, während er friedlich fortlamentierte, von allen stürmischen Gefühlen und von den Krawattenhalluzinationen, die mich sonst verfolgten.

Manchmal mußte ich ihn auch an Lily ausleihen, wenn sie irgendwo besonderen Eindruck machen wollte, wie bei ihren Theateragenten oder beim Schneider. Die arme Lily war damals gerade etwas reduziert und brauchte in jeder Beziehung Kredit.

Aber sie mißbrauchte meine Großmut – sie telegraphierte dann auch noch späterhin, ich glaube aus Königsberg oder Stettin: „Schäbige Bande hier – bitte auf eine Woche Begleitdogge schicken." Das war zu viel, und ich antwortete: „Unmöglich – brauche Dogge selbst." – Und unsere Freundschaft bekam darüber einen argen Riß.

Ich hätte ihr ja gerne den Gefallen getan, aber eine ganze Woche – es war undenkbar, wir waren uns zu unentbehrlich. Er konnte nicht mehr ohne unglückliche Liebe leben – Lily eignete sich nicht dafür, sie hätte ihn vielleicht glücklich gemacht –, und meine Neigung zu dem Krawattenmann wäre vorzeitig in Trümmer gegangen, wenn die elegante Begleitdogge nicht mehr an meiner Seite wandelte.

Aber über diesen schönen Erinnerungen vergesse ich ganz, worüber ich Sie denn eigentlich aufklären wollte. Ja, richtig, ich wollte Ihnen auseinandersetzen, wie sehr der schlechte Ruf zur Korrektheit verpflichtet.

Manchmal stellt er auch in der entgegengesetzten Richtung Anforderungen, die ebenso lästig sind.

Man nimmt es uns förmlich übel, wenn wir uns zu ordentlich benehmen, ärgert sich, daß wir so durchaus salonfähig sind und die Hoffnung auf ganz besondere Sensationen nicht erfüllen. – Gehörst du einmal zum Zirkus, so spring durch Reifen und schlage Purzelbäume – ja, aber wir haben manchmal gar keine Lust, wir wollen zur Abwechselung auch einmal Zuschauer sein – in der Loge sitzen und Konversation machen.

Hier und da ist es wirklich ein großes Vergnügen, nur langweilig und korrekt zu sein.

Darüber ließe sich noch vieles sagen, – aber ein andermal – –

7

Ihr Brief – mein lieber Freund, wer wollte noch behaupten, daß wir keine Ideale haben? – Zuviel, immer noch zuviel! Ihre „Beziehung“ zu Yvonne – Yvonne, die es gar nicht gibt – und vielleicht gibt es sie doch und Sie begegnen ihr eines Tages auf der Treppe.

Und der fremde Mann? – Er hat eine starke Familienähnlichkeit mit Yvonne, aber es geht mir besser wie Ihnen – es gibt ihn – und ich bin ihm schon öfters auf der Treppe begegnet.

O bitte, kommen Sie mir nicht wieder mit der Frau vom Meer – ich kenne das –, sowie man den fremden Mann erwähnt. Aber ich habe keine Sympathie für die Dame, sie hat es wirklich nicht verstanden. Der richtige fremde Mann verträgt kein Pathos – und wie kann man nur mit dem Gedanken umgehen, ihm zu folgen – ihn womöglich gar zu heiraten. Und auf der anderen Seite – ihn ganz laufen zu lassen, um mit einem alten Landarzt glücklich zu werden? Das ist mindestens ebenso unverzeihlich.

Überhaupt – der fremde Mann muß in erster Linie ein Gentleman sein, sehr elegant, sehr comme il faut und mit dem „infamen Charme“ – aber doch um Gottes willen nicht ein Schiffskapitän mit

Zuchthaustendenzen. Es wäre deshalb eigentlich richtiger zu sagen: der fremde Herr.

Und er darf niemals zur Beziehung werden, muß in der Versenkung verschwinden, ehe das in Betracht kommen könnte. Er tut es auch, sonst ist er eben nicht echt gewesen.

Etwas davon liegt wohl im ersten Anfang jedes Minnehandels – es ist ja immer schade, wenn man sich erst kennen oder gar lieben und schätzen lernt. Aber der ganz große Reiz ist das Erlebnis mit einem Fremden.

Ich sitze abends im Lesezimmer eines Hotels. – Er auch, aber an einem anderen Tisch. – Ich schreibe. – Er liest. – Er schaut hier und da herüber – ich auch. – Ich weiß gleich, daß er es ist – er hat den infamen Charme. – Gott sei Dank, er ist echt, denn er spricht mich nicht an. Er weiß auch, daß ich es bin.

Eigentlich warte ich auf jemand anders und weiß nicht recht, wie es werden soll. Aber er weiß es ganz genau und liest ruhig weiter.

Endlich ruft man mich ans Telephon. Er, der andere, auf den ich warte, kann heute nicht mehr kommen. –

„Was willst du denn heute abend anfangen?“ – „Oh, ich gehe schlafen.“ – „Also dann auf morgen.“ – Abläuten...

Der fremde Herr legt seine Zeitung weg, ganz langsam, ganz ruhig. – Ich gehe zum Lift – er auch. Das Hotel ist sehr groß, hat sehr viele Stockwerke, ist sehr überfüllt. – Wir sind beide stehen geblieben, stehen uns gegenüber. – Er ist sehr hoch, sieht mir von oben herunter in die Augen. – Der Lift gleitet, hält an jeder Etage und Zwischenetage, denn der Boy ist verschlafen und scheint zu meinen, daß überall jemand aussteigt. – Wir haben auch das Gefühl, daß der kleine Raum immer leerer wird, immer einsamer. – Unsere Augen lassen sich nicht los – der fremde Herr sagt kein Wort, beugt sich langsam zu mir herunter – wir sehen uns immer noch in die Augen – unsere Lippen „finden sich“. – Der Lift geht durch eine ganze Ewigkeit. – Kein Wort wird gesprochen – der Lift hält.

Und ich mache hier eine Pause, lieber Freund.

Der Herr im Lift ist der Idealfall – der erfüllte Traum. Nicht immer sind die Götter so neidlos. Manchmal lernt man ihn auch kennen, sieht sich wieder, dann ist natürlich alles entwertet. Hat man einmal mit dem fremden Mann gefrühstückt, so ist der Zauber gebrochen. Dann wird es ein ganz gewöhnliches Erlebnis.

Aber ich will Ihnen noch von einer sehr merkwürdigen Ausnahme erzählen – von einer jahrelangen Beziehung, die immer der fremde

Mann blieb. Jahrelang – ja, da horchen Sie auf – es waren sogar ziemlich viele Jahre, es hat auch eigentlich nie einen bestimmten Anfang gehabt und hat nie ein definitives Ende genommen.

Wie und wo wir uns zum erstenmal sahen, gehört nicht hierher – seien Sie nicht zu neugierig; wenn ich eine uralte Dame mit weißen Haaren bin, erzähle ich es Ihnen vielleicht einmal, jetzt sicher nicht. Aber die damaligen Umstände brachten es mit sich, daß er mich nie bei Tage aufsuchen konnte. Ich habe lange Zeit nicht einmal gewußt, wer er war. Auf die Länge ließ sich das natürlich nicht vermeiden, aber dann machte es auch keinen Eindruck mehr, daß er einen Namen und eine Position im Leben hatte. Er blieb der fremde Mann. Es war zur Tradition geworden, daß wir jede nähere persönliche Bekanntschaft, jedes Übergreifen unserer Beziehungen auf unser sonstiges Dasein vermieden. Und ich muß sagen, daß wir es wirklich verstanden, diese Tradition zu kultivieren. Unser Verkehr blieb immer zeremoniell, unpersönlich und voller Distanz. Wir haben uns nie auch nur für einen Moment geduzt, sind nie zusammen ausgegangen oder dergleichen. Trafen wir uns doch einmal, im Theater oder bei ähnlichen Gelegenheiten, so grüßten wir uns nur aus der Ferne. War es nicht zu vermeiden, so ließ er sich mir auch vorstellen, und wir wechselten einige höfliche Redensarten.

Er hatte immer meine Adresse und meine Schlüssel, bei jedem Wechsel meiner Wohnung oder meiner Lebenslage verfehlte ich nicht, ihm diese beiden Dinge zuzustellen. (Sie können sich wohl denken, daß seine Schlüsselsammlung mit der Zeit beträchtlich angewachsen ist.)

Er meldete sein Erscheinen durch ein Billett oder Telegramm – dann war ich immer für ihn zu Hause. Und darin bewies er eine wahrhaft antike Seelengröße: wie und wo er mich auch im Lauf der Zeiten aufgesucht und gefunden hat, ob in einer eigenen Wohnung, im Hotel oder einer gänzlich improvisierten Umgebung – er verzog nie eine Miene, wunderte sich nie, fragte nie – erschien zu den spätesten und unwahrscheinlichsten Stunden – immer korrekt, immer fremder Herr. Und ging ebenso wieder fort, ehe der graue Alltag das Leben wieder wahrscheinlich machte.

Manchmal kam er auch erst gegen Morgen, wenn ich längst schlief, stand auf einmal mit dem Zylinder in der Hand da – das schätzte ich ganz besonders. – Oder ich glaubte nur von ihm geträumt zu haben und fand dann beim Aufwachen Blumen, die nur von ihm sein konnten – er brachte immer Blumen mit. Solche Erinnerungen liebe ich sehr – auch noch manche andere – wenn wir in der Morgendämmerung am Fenster Kaffee tranken und uns korrekt und gebildet unterhielten. Wenn er dann die Straße entlang ging, sah ich ihm nach, und es hatte soviel Reiz, gar keine greifbare Vorstellung von seinem Leben zu haben, keine Ahnung von seiner Umgebung, nicht zu wissen, mit was für Menschen er verkehrt und wie er mit ihnen ist.

Andere Frauen – das hat mich eigentlich nie interessiert. Ich habe späterhin aus verschiedenen Andeutungen kombiniert, daß er eine „himmlische Liebe" hatte, eine sehr unglückliche.

Bei anderen Männern habe ich das manchmal etwas dumm gefunden, aber bei ihm hatte es viel Charme und gab eine düstere Nuance, die ihm gut stand.

Übrigens verloren wir uns zeitweise ganz aus den Augen, er machte öfters lange Reisen, und ich war ja immer viel unterwegs. Ich habe dann auch kaum an ihn gedacht, – ob er an mich dachte, weiß ich nicht. Aber wenn wir uns beide nach M... zurückfanden, war wieder alles wie vorher. Nur gehörte es unverbrüchlich zu unserer Tradition, daß wir in der Silvesternacht zusammenkamen, denn der 31. Dezember war der Ausgangspunkt unserer Beziehungen gewesen. Mit oder ohne Verabredung, ich wußte, daß er dann kommen würde; und meine sonstigen Bekannten haben sich immer gewundert, warum ich bei jeder Neujahrsfeier geheimnisvoll vom Schauplatz verschwand, sobald es zwölf Uhr geschlagen hatte.

Doch am Ende die „große Leidenschaft“, die Sie in meinem Dasein so schmerzlich vermissen und die immer noch entdeckt werden soll? – Gott bewahre, gerade zur Zeit der glücklichsten und intensivsten Lieben schätzte ich ihn am meisten und hatte förmlich Sehnsucht nach ihm, wenn ich ihn lange nicht sah. Und war er zeitweilig nicht vorhanden, so, wurde ich auch gegen die anderen kühler.

Töricht genug von den anderen, daß sie samt und sonders eine starke Abneigung gegen den „großen Unbekannten“ hatten und nie begreifen wollten, daß Eifersucht in diesem Fall ganz sinnlos war.

Ja, lieber Freund, der fremde Mann in ein inhaltsschweres Kapitel in meinem Leben und eines, das ich immer gerne wieder lese – aber nicht alle dürfen dabei mit ins Buch sehen, wie Sie.

Wenn Sie es doch nur einmal anerkennen wollten, wie sehr ich Sie verwöhne.

8

Also auch Sie, Brutus – neigen zu eifersüchtigen Betrachtungen, wenn Sie des fremden Mannes gedenken. Wie dumm von Ihnen – Verzeihung für das harte Wort, aber ich bin so daran gewöhnt, daß Sie immer intelligent sind.

Vielleicht kann ich auch darüber nicht mitreden, ich habe kein oder sehr wenig Organ für Eifersucht – das ist mir schon häufig wie ein schwerer Defekt vorgehalten worden.

„Dann haben Sie noch nie wirklich geliebt" – wie oft habe ich das zu hören bekommen – und nichts darauf geantwortet. A quoi bon? – Das weiß doch nur Gott allein.

Richtiger gesagt wäre wohl: nie lange genug geliebt.

Für mich dauert jede Liebe, auch die ganz ernsthafte, nur so lange, wie ich eben die stärkste Attraktion für den in Frage kommenden Mann bin. Dann hört sie ganz von selbst auf. Und daß er meine Hauptattraktion war, ist immer schon vorher zu Ende gewesen. Auch habe ich nie das Verlangen gehabt, einen Menschen ganz zu

„besitzen“ oder ihn über Gebühr festzuhalten. Dazu ist das Leben zu kurz. Und wer mich festhalten wollte – es kam hier und da vor –, ist niemals sehr zufrieden mit dem Erfolg gewesen.

Meine Unbeständigkeit ist also eigentlich ein schöner und altruistischer Zug, es macht mir gar kein Vergnügen, anderen Leiden zu verursachen.

Ebenso wenig gereicht es mir zur Freude, wenn man mich mit Eifersucht plagt, ich habe nie recht begriffen, warum, die Menschheit diese unangenehmen Emotionen so kultiviert.

Treue ist vielleicht eine besondere Begabung, ein Talent. Wie kann man Talente von jemand verlangen, der sie nicht hat? Aber ich meine, es läßt sich durch Takt und Diskretion ersetzen.

Es ist doch jedesmal etwas anderes, was uns zu den verschiedenen Menschen hinzieht: der fremde Mann ist tiefe Sensation ohne Gemütsbeteiligung – ein anderer geht ans Herz und weckt wahres Gefühl – ein junger Knabe lockt uns zu einem romantischen Frühlingserlebnis – dann gibt es wieder jemand, mit dem man sich nur amüsiert, oder es läuft zufällig und geschwind irgendein heiteres Abenteuer über den Weg... Doktor, ich kann Ihnen beim besten Willen nicht alle die vielen bunten Möglichkeiten an den

Fingern herzählen, aber Sie werden zugeben, daß sie sich schwerlich in einem einzelnen Menschen beisammenfinden. Und im Leben lassen sie sich auch nicht so hübsch der Reihe nach anordnen. Es gerät immer alles durcheinander.

Sie haben mir einmal einen Vortrag über „typische Erlebnisse" gehalten. Ich glaube, der andere, die anderen sind von jeher mein typisches Erlebnis gewesen. Und deshalb kam ich nie dazu, einem treu zu bleiben. Schon allein der fremde Mann hat es auch in den stabilsten Zeiten unmöglich gemacht.

Ein harmloses Beispiel:

A... holt mich ab, zu irgendeiner Unternehmung. B..., der mich auch abholen will, kommt dazu. Wir gehen also alle drei miteinander. Zu merken: ich stehe beiden noch ganz unbescholten gegenüber. – In bezug auf A... habe ich meine Vermutungen – er lädt mich denn auch auf übermorgen ein, aber es interessiert mich einstweilen noch nicht besonders. B... begleitet mich heim – ich habe gar keine Vorahnungen, aber es folgt „une de ces heures" und so weiter... und dann natürlich auch eine Verabredung auf überübermorgen.

Der Abend mit A… geht in Szene und endigt schicksalsvoll, wir verlieben uns heftig und auf Dauersache. Ich fühle auch gar kein Verlangen, ihn gleich von vornherein zu hintergehen, aber ich habe B… auch sehr gerne und würde es ungerecht finden, ihn nun umgehend wieder zu versetzen. Wie peinlich außerdem, ihm beim ersten Rendezvous zu sagen: ich habe mich gestern in A… verliebt – leben Sie wohl!

Am meisten Kopfzerbrechen hat mir die Frage gemacht, welcher von ihnen nun eigentlich der andere war.

Und das ist immerhin noch ein einfacher Fall, die Sache kann auch komplizierter liegen.

Nein, guter Freund, es ist, weiß Gott, nicht immer leicht, seinen „erotischen Verpflichtungen" nachzukommen. Monogamie und Treue sind sicher eine große Vereinfachung des „Problems".

Sie möchten wissen, was es mit der irdischen und himmlischen Liebe für eine Bewandtnis hat. Es ist eine häufige Erscheinung – ich kenne mehr wie einen Mann, in dessen Liebesleben diese sinnige und zweckmäßige Zweiteilung eine Rolle spielt. Ob sie auch bei Frauen vorkommt, weiß ich nicht. Von Frauen weiß man überhaupt sehr wenig, wenn man selber eine ist.

Die himmlische ist natürlich ein „Wesen“, das weit über allen anderen steht und das er aus irgendwelchen Gründen nicht in realere Sphären hinabziehen kann oder will – so etwa, was man eine Lichtgestalt nennt. Es gehört dazu, daß sie für ihn und sein irdisches Treiben die nötige Auffassung hat, er darf schuldbeladen zu ihr kommen und fühlt sich durch ihr Verstehen entsühnt. Das haben ja manche Männer gern.

Die irdische ist – nun, einfach eine Frau, mit der man intim liiert ist. Vor allem muß sie einer Bedingung entsprechen: sie darf ihn nicht ganz für sich haben wollen und nicht neugierig auf die himmlische sein.

Es ist auch überflüssig, denn er ist manchmal innerlich zerrissen, und dann erzählt er aus eigenem Antrieb von ihr. Man tut am besten, ergriffen zu schweigen.

Die irdische Liebe kann natürlich wechseln, die himmlische bleibt im allgemeinen dieselbe. Ich bin, soweit ich mich erinnern kann, immer nur die irdische gewesen.

Man hat mir erzählt, daß die irdische manchmal sehr böse wird, weil die andere ihm in seelischer Beziehung mehr bedeutet. Ach du liebe Zeit, seelische Eifersucht ist nun vollends nicht meine Sache.

Man lasse doch seine Seele unvermählt! – Im Gegenteil, man denkt nicht ohne Vergnügen, die himmlische hätte allen Grund, eifersüchtig zu sein. Sie ist es auch gewiß.

Die himmlische Liebe ist meistens eine verheiratete Frau. Entweder ist sie mit ihrem Mann nicht glücklich geworden und hat dann erst den anderen kennen gelernt. Oder sie kannten und liebten sich schon vorher, und aus einem oder dem anderen zwingenden Grunde hat sie ihn nicht geheiratet. Die beste Konstellation ist, wenn sie sich erst zu spät darüber klar wurden, daß sie füreinander geschaffen waren – überhaupt irgendein unseliges: zu spät, das nun seinen Schatten auf beider Leben wirft.

Manchmal – seltener – ist es auch ein junges Mädchen, das er später einmal heiraten will.

Die mit der himmlischen Liebe sind also eigentlich die monogamen Männer oder solche, die es werden möchten.

Sie vertiefen sich mit großem Interesse in das Leben der unmonogamen Frau und zittern in dem Gedanken, die himmlische Liebe könne auch einmal ähnlich empfinden.

Teurer Freund, ich renommiere gerne damit, daß man mich niemals versetzt hat, aber bei dieser Gelegenheit fällt mir aufs Herz, daß mein blanker Schild doch wohl einen Flecken aufzuweisen hat. Einmal – ja, einmal hat eine himmlische Liebe mich zu Fall gebracht. Sie war zu stark, und er fühlte sich dem Zwiespalt nicht mehr gewachsen, konnte mir nicht länger angehören, weil er immer an diese Frau dachte, die ihm nie angehören würde.

Das teilte er mir sehr betrübt mit, und für mein einfaches Gemüt war es entschieden zu kompliziert. Ich gab mir alle Mühe, es tragisch zu nehmen, denn ich hatte ihn sehr gerne gehabt, aber ich empfand im Grunde doch nur etwas Ähnliches wie: Guter Junge! es regnet! – Und als ich ihn nach einiger Zeit wiedersah, konnte ich ihn nicht mehr ausstehen, er fiel mir nur noch auf die Nerven. – Halten Sie es für möglich, daß das am Ende doch Eifersucht war?

9

Mir geht es ebenso, lieber Doktor – weder Ihnen noch mir selbst weiß ich das Rätsel zu lösen, warum ich so lange in der Regenstadt hängen geblieben bin.

Ich konnte mich einfach nicht wieder fortfinden. Das passiert mir eben hier und da. – Es war so von Herzen langweilig, immer dieselben grauen Straßen, dieselben beschaulichen

Nachmittagsstunden in „unserem“ Tea-room vor dem Kamin – immer dieselben Menschen – nein, das stimmt nicht ganz, es waren auch manchmal andere. Aber gerade in all dieser grauen Langeweile lag etwas, wovon ich mich nicht trennen konnte – etwas von Abgeschiedenheit und Klosterfrieden.

Ja, das war es wohl – ich habe es so oft bedauert, daß es nicht mehr Mode ist, von Zeit zu Zeit ins Kloster zu gehen und eine Retraite zu machen wie in früheren Zeiten. Denken Sie, wie schön es sein muß, wenn man müde vom sündigen Welttreiben, tief verschleiert und in tiefes Schwarz gekleidet, aus dem Wagen steigt, an der Klosterpforte läutet und von einer milden Äbtissin empfangen wird, – um ein paar Wochen gründlich auszuschlafen.

Die Regenstadt war so eine Art Retraite für mich – wenigstens in den letzten Wochen. Aber jetzt hat sie lange genug gedauert, – ich bekomme manchmal sentimentalische Anwandlungen.

So verfolgt mich dieser Tage ein Vers – in meiner Backfischzeit schrieb ein Onkel, den ich sehr liebte, ihn mir ins Stammbuch:

Stehe aufrecht an dem Steuer –
Mit dem Schiff laß spielen Wind und Wellen –
Wind und Wellen nicht mit deinem Herzen –

und darunter: einer, der dich kennt –

Mir scheint, der Onkel hat mich doch nicht sehr gut gekannt, sonst hätte er sich die Mahnung wohl von vornherein sparen können. – Wind und Wellen haben seit damals ganz erheblich sowohl mit dem Schiff wie mit dem Herzen gespielt – und das Steuer – ich fürchte, es war überhaupt eine überflüssige Einrichtung, ich habe nie versucht, es in Tätigkeit zu setzen.

Auch jetzt schwanke ich wieder einmal, wohin die Fahrt gehen soll. Manchmal hatte ich schon beinah Lust, in die heimischen Gefilde zurückzukehren. Natürlich vor allem, um Sie durch meine Nähe zu beglücken. Aber Sie wissen ja, ich habe die schlechte Gewohnheit, bei jeder Abreise meine jeweilige Daseinsform aufs gründlichste aufzulösen, und muß mich dann bei der Rückkehr von neuem „etablieren“. Dazu bin ich jetzt nicht aufgelegt – absolut nicht.

Wissen Sie auch, Doktor, daß es verschiedene Heimwehs gibt? Eines nach der wirklichen Heimat, vorausgesetzt, daß man eine gehabt hat – das ist recht zwecklos und gibt sich auch mit der Zeit. Dann ein Gewohnheitsheimweh, nach dem Ort oder den Orten, wo man länger gelebt hat. Und schließlich ein ganz starkes nach der

Fremde, nach Eisenbahnen, Dampfschiffen, fremden Sprachen, Koffern und Hotels.

Ich weiß, wenn das alles wieder um mich ist, fühle ich mich zu Hause, und zu Hause ohne alle Sentimentalität.

Kurz, lieber Freund, dahin steht jetzt mein Verlangen. Die bekannte innere Stimme rät mir dringend ab, es wieder mit einem Wohnort zu versuchen. Wohnorte eignen sich doch nie recht für mich, und ich eigne mich nicht für die Wohnorte, es gibt also nur Konflikte.

Ich glaube, mir kommt alles im Leben immer zu provisorisch vor, und ich nehme es dann auch zu sehr in diesem Sinne. Vielleicht bin ich selbst eben nur provisorisch gedacht, nur „entworfen". Es will mir manchmal so scheinen.

Aber es ist wirklich zum Gottserbarmen, was ich da heute zusammenschreibe, und es wird besser sein, ich höre auf.

Machen Sie sich deshalb um meinen Gemütszustand keine Sorge, es ist wohl nur die lange Retraite und der Abschied von der nassen Stadt, was mich so nachdenklich stimmt.

Und trösten Sie sich, lieber Freund, daß ich einstweilen noch nicht auf der Bildfläche erscheine – vielleicht finden Sie inzwischen Yvonne – und wenn Sie gar nichts finden – kommen Sie mir nach.

10

Nun bin ich fort – die Regenstadt liegt in weiter Ferne, die Klosterpforte hat sich hinter mir geschlossen, bis zur nächsten Retraite – die Äbtissin... die Äbtissin war sehr liebenswürdig und hofft – machen wir drei Kreuze hinter ihre Hoffnungen.

Bahnhöfe und Hotelzimmer – ich bin sehr glücklich. Ein unschätzbares Gefühl: nicht hier und nicht da, sondern einfach *fort* zu sein.

Daß ich den ersten Brief aus Venedig schreibe – Kopfschütteln Ihrerseits – Venedig? – Was wollen Sie, mein Freund; wieder einmal Schicksal, wieder einmal typisches Erlebnis.

Nein, ich wollte auch gar nicht hierher, aber wenn ich nach Italien gehe, will ich regelmäßig nicht nach Venedig und komme regelmäßig doch hin. Erinnern Sie sich noch an das letzte Mal, als ich unerwartet und reisefertig zu Ihnen heraufkam und Ihnen kundtat, ich müsse auf zwei Tage nach Brindisi fahren? Es handelte sich um ein längstersehntes Wiedersehen, und das ließ sich durchaus nicht anders arrangieren als eben in Brindisi. Es sollte auch sonst niemand darum wissen, aber an der Bahn traf ich einen entfernten Bekannten, der in denselben Zug stieg. Tags zuvor hatte ich ihm mit vieler Mühe vorgeschwindelt, ich wollte nach Berlin fahren. – Nun fuhren wir zusammen bis Verona, und es half mir nichts – zur Strafe für den Schwindel mußte ich ihm versprechen: auf der Rückreise einen Tag Venedig.

An diese Reise denke ich heute noch mit Vergnügen. Italien und ich flogen so einander vorbei, es hat mir noch nie so gut gefallen. Den Tag im Coupé, die Nacht im Schlafwagen – ein paar Stunden Rom, ein paar in Neapel, vierundzwanzig Stunden in dem gottverlassenen Brindisi – gerade genug für Wiedersehen und Abschied. Dann wieder Eisenbahn, Eisenbahn – übernächtig, glücklich und etwas wehmütig – irgendwann um Mitternacht in Venedig, – auf dem Kanal, auf dem Markusplatz, im Hotel – mit dem entfernten Bekannten – – –

Genau sechs Tage nach der Abfahrt saß ich wieder bei Ihnen und hab' Ihnen zur Strafe recht wenig erzählt. Denn Sie mokierten sich weidlich über meinen Ritt ins romantische Land und hatten allerlei schwarze Verdächtigungen. Daß ich wirklich aus alter Treue – in der alten Treue bin ich immer stärker gewesen als in der neuen – in Brindisi war, daran glauben Sie ja noch heute nicht.

Und diesmal geschieht Ihnen ganz recht, daß es nicht viel zu erzählen gibt – es ist kaum der Rede wert – nur die harmlose Geschichte vom roten Faden, die Ihre Sensationslust hoffentlich etwas enttäuscht.

Die Geschichte vom roten Faden handelt nämlich nur von einem Erlebnis, das nie zustande kam.

Ich muß etwas ausholen, denn die Anfänge der Begebenheit liegen schon um einige Jahre zurück, aber ich will es so kurz wie möglich machen.

Wir waren damals, was man einen animierten Kreis nennt, und S..., der Held meiner Geschichte, gehörte mit zu diesem Kreise. Ein Freund von ihm war mein sehr guter Freund, mit dem ich gerade auf Reisen gehen wollte. Man war noch mitten in den Flitterwochen. – Wir brauchten volle zwei Monate, um endlich fortzukommen, derweil lebten und wohnten wir zwischen unzähligen Koffern, die immer wieder aus- und eingepackt wurden, zwischen Flinten,

Sattelzeug und wissenschaftlichen Apparaten, die uns alle begleiten sollten, und feierten unaufhörlich Abschiedsfeste, denn jeder Tag konnte der letzte sein. Es war eine beständige Konfusion von Wohnungen, Hausschlüsseln und improvisierten Nachtquartieren, woraus sich viele schwierige und heitere Situationen und eine angenehm sündhafte Atmosphäre ergaben. Wir – S... und ich – waren uns von Anfang an sympathisch und flirteten weidlich miteinander; aber ganz in Ehren, der Sachlage angemessen. Man blinzelte sich gewissermaßen zu: jetzt nicht, aber vielleicht später einmal.

Und dieses: später einmal – bildet den Inhalt der ganzen Historie. – Ich ging auf Reisen und kam wieder zurück, man sah sich wieder, und inzwischen war verschiedenes anders geworden. S... und ich setzten uns ins Einvernehmen, daß jetzt der Moment gekommen sein dürfte. – Aber es sollte nicht sein. – Ich weiß nicht, wie oft wir schon beisammen saßen und trauliche Zwiesprache pflogen – jedesmal gab es eine gänzlich unvorhergesehene Unterbrechung. Wir gaben uns Rendezvous, duzten uns auch einmal schon acht Tage lang – immer wieder kam etwas dazwischen. Wir hatten schließlich das Gefühl, als ob das Schicksal – meines oder seines – uns durch Detektivs überwachen ließe, die pünktlich im gegebenen

Moment uns die Hand auf die Schulter legten: bis hierher und nicht weiter.

Ich erinnere mich vor allem an einen Abend, wo er siegesfroh bei mir zum Souper erschien. Wir waren beide etwas verlegen und dachten: ... ja... nun... Aber es klingelte, und eine Freundin kam – ebenfalls mit Souperabsichten. Das wäre ja an sich noch nicht so schlimm gewesen – wir soupierten also zu dreien mit vieler Heiterkeit. S... wollte sie dann heimbegleiten – ein Blick: ich komme wieder...

Fünf Minuten später kamen alle beide die Treppe wieder herauf – der Schlüssel war in der Haustür abgebrochen. Es gab also wieder einmal Nachtquartier in der Mehrzahl, das die ironische Vorsehung schon so oft über uns verhängt hatte. Gute Miene und böses Spiel, denn die räumlichen Verhältnisse ermöglichten wohl eine pikante Situation zu dreien, verwehrten aber jedes Tête-à-tête. Nie vergesse ich den schmerzlichen Zug um seine Lippen, als er morgens beim Abschied sagte: „Ich möchte nur wissen, in welcher Konstellation wir das nächste Mal übernachten werden.“

Aber es blieb bei dieser letzten, denn ich verreiste bald darauf, und er verlobte sich – heiratete – war recht unglücklich in seiner Ehe und ließ sich wieder scheiden. Unsere Wege trennten sich, kreuzten sich hier und da wieder, wir blieben immer irgendwie in freundschaftlichem Kontakt, und es bildete sich allmählich die Tradition heraus, daß S... in angemessenen Zwischenräumen bei mir anfragte, ob mein Herz und meine Hand – sei es auch nur die linke – zurzeit verfügbar sei. Aber jedesmal, wenn er in zierlichen Redewendungen seinen Antrag stellte, waren Herz und Hand schon anderweitig in Anspruch genommen. – „Warum kommen Sie gerade jetzt? – Dienstag vor vierzehn Tagen – – –"

Und war bei mir eine Vakanz, die ich gern vergeben hätte, so war er gerade in Spanien, um irgendeinen alten Meister zu entdecken, oder ging ernstlich damit um, ein junges Mädchen aus guter Familie zu heiraten. Das letztemal, als wir uns zufällig in Berlin trafen, meinte er förmlich erbittert: es sei allmählich höchste Zeit, daß diese Angelegenheit, die sich nun schon so lange wie ein *roter Faden* durch unser beider Leben ziehe, einmal ausgetragen würde. Von jetzt an sei es an mir, den Wink zu geben. – Wir haben dann ausgemacht, daß ich ihm, wenn der geeignete Zeitpunkt käme, einen roten Faden zuschicken sollte.

Zwei oder drei Monate später lag der rote Faden bereit – es war sogar eine schöne, dicke seidene Schnur –, er lag schon kuvertiert in meinem Schreibtisch, und es war nur Bummelei, daß ich ihn noch nicht abgeschickt hatte – da bekam ich wieder eine Verlobungsanzeige von Freund S...

Am Vorabend seiner Hochzeit habe ich ihm den roten Faden in die Hand gedrückt, und wir haben beide heiter und herbstlich dazu gelächelt.

Letzten Winter hörte ich, daß er noch einmal wieder von der Ehe Abschied nehmen wollte – ja, und vor ungefähr acht Tagen kam ein Brief aus Venedig – in dem Brief lag meine rote Seidenschnur...

Voilà – Freund und Doktor, das Weitere werden Sie nie erfahren – machen Sie sich keine Hoffnung. Bedenken Sie, daß die Lösung ja in jedem Fall banal ausfallen muß.

Legt die Vorsehung wieder ihr Veto ein, so wird es langweilig. Drückt sie aber diesmal ein Auge zu, so verliert die Geschichte vom roten Faden erst recht ihren Reiz – –.

11

Falsch geraten – ich bin in Rom, und S… ist nach Norwegen gefahren.

Ein hoffnungsloser Fall – der arme Kerl strebt im Grunde seines Herzens doch nur danach, wieder zu heiraten. Für seine Bekannten ist ein Trost dabei: er ist immer am nettesten, wenn er eben eine Scheidung hinter sich hat. Das wirkt auf seinen inneren Menschen wie eine Art Wiedergeburt – aber es ist halt doch etwas umständlich.

Nun beschäftigt er sich neuerdings mit Rassentheorie und meint, an seinen bisherigen Fehl-Ehen sei vor allem die schlechte Rasse seiner Gefährtinnen schuld gewesen. Ja, und deshalb will er jetzt die reinrassigen nordischen Frauen näher studieren.

Wir saßen den letzten venezianischen Nachmittag am Markusplatz beim Eiskaffee und erwogen voller Wehmut, wenn wir beiden uns doch damals im Anfang unserer Bekanntschaft geheiratet hätten. Vielleicht wollte die Vorsehung nur darauf hinaus und hat unserer illegalen Neigung deshalb so viele Steine in den Weg gelegt – wer kann es sagen? Und wäre ich jetzt seine geschiedene Frau – so rechnete er mit Bedauern aus –, so verfügte ich doch wenigstens über eine kleine Rente, während er unter den obwaltenden Verhältnissen leider herzlich wenig für mich tun könnte. Kurz, er zeigte sich recht besorgt um meine finanzielle Gegenwart und Zukunft, gab mir viele gute Ratschläge und machte mich noch telegraphisch mit einem seiner vielen und merkwürdigen Auslandsfreunden bekannt, der gerade in Rom ist und mich denn auch mit fürstlichen Ehren empfangen hat. Man nennt ihn einfachheitshalber den Sizilianer, weil er meist in Sizilien lebt und seine Nationalität etwas verwickelt ist. Er ist in Madagaskar geboren, aber ich glaube aus spanischer Familie und so weiter, also immerhin reizvoll international – gebrochenes Deutsch – nun, man wird ja sehen.

Ich gestehe Ihnen offen, manches von dem, was S... mir sagte, ist mir wirklich zu Herzen gegangen. Er erklärte es für geradezu unverantwortlich, daß ich immer noch keine ernstlichen Schritte getan, um mich zu rangieren.

Er hat recht, und ich habe es mir selbst ja auch schon hundertmal gesagt – und Sie – und verschiedene andere.

Ein schwieriger Punkt – ich kann das Gerede von Problemen sonst nicht ausstehen – es sind ja fast nie welche –, aber diese Sache erkenne ich an, als Problem, als alles, was Sie nur wollen.

Ganz sicher – es ist immer empörend für eine Frau, wenn das äußere Dasein sich nicht angenehm und schmerzlos abwickelt. Einmal hat ja doch jede – jede den angeborenen Hang zu Wohlleben und Bequemlichkeit, auch wenn sie es nicht Wort haben will oder sich's nicht leisten kann. Und dann tut es auch der Eitelkeit weh: Frau in Geldschwierigkeiten ist immer wie ein Bild, das schlecht gerahmt ist und am unrechten Platz hängt.

Teurer Doktor, da wir nun doch einmal von mir reden – seit ich aus meinem wertvollen alten Familienrahmen entfernt wurde, hat mir wohl keiner mehr ganz gepaßt. Mancher war recht gut, mancher wieder sehr mittelmäßig, und es gab auch Zeiten, wo das Bild nur mit Reißnägeln an die Wand geheftet war.

Ja, ja – und wie S... mir auch wieder vorhielt – ich hätte alle möglichen Chancen haben können. Aber was wollen Sie? – die legitimen? Gott soll mich bewahren – und er hat mich bewahrt. Wenn ich eine gute Partie machen konnte, hatte ich immer gerade keine Lust zu heiraten, und das eine Mal, wo ich dann doch heiratete, wurde der Mann erst eine gute Partie, als ich schon wieder über alle Berge war (Sie wissen ja, wie lange meine Ehe gedauert hat). Jetzt hat er eine glänzende Stellung, und ich hätte sie auch.

Aber was täte ich damit? Ach, und der Mann liebte mich – in der Ehe könnte ich das auf die Länge nicht aushalten. Höchstens eine Distanzehe mit sehr, sehr viel Geld, so daß jeder seinen eigenen Flügel bewohnte, seinen eigenen Train und seinen Verkehr für sich hätte. Zu den Mahlzeiten träfe man sich in großer Toilette und mit vielem Zeremoniell, will er mich außerdem noch sehen, so läßt er sich durch seinen Kammerdiener melden: „Der gnädige Herr läßt fragen, ob sein Besuch heute abend angenehm wäre?" – „Der gnädige Herr ist immer willkommen."

Habe ich Gäste, die sich für ihn eignen, so lade ich ihn ein. Seine Stellung als Hausherr wird dann natürlich betont, er dürfte nie kompromittiert werden – kompromittierter Ehemann ist geschmacklos und unmöglich. Und hat er Besuch, so mache ich auf Wunsch in seinen Räumen die Honneurs.

Das wäre die einzige Möglichkeit, auf die ich heiraten möchte – schade, schade, daß Sie nicht Geld genug haben, wir könnten es vielleicht versuchen. – Ich habe auch sicher in einem früheren Leben schon eine solche Ehe geführt, mir kommen alle Details so durchaus vertraut vor, auch die Art der Beziehungen und das Wesen des Eheherrn.

Aber kehren wir zu unseren moutons zurück – die illegitimen Chancen? – sehen Sie, unsere guten Freunde denken im allgemeinen, wir täten uns so leicht damit – man brauchte nur zu wollen, so hätte man, was man wollte.

Nein, ich glaube, auf diesem Gebiet spielt der Zufall uns so willkürlich mit wie auf keinem anderen. Männer, die uns finanzieren wollen, gibt es genug, aber solche, die angenehm und dauernd finanzieren, dabei sympathisch oder wenigstens erträglich sind, nicht zuviel persönliche Ansprüche stellen und uns nicht plagen – ich fürchte, die muß man mehr oder weniger als seltenen Glücksfall betrachten. Meine besten Utilitätsbeziehungen, oder die es werden wollten, waren fast immer Leute, die ich von vornherein oder nach kurzer Zeit nicht mehr ausstehen mochte. In günstigeren Fällen standen sie gerade erst im Begriff, reich zu werden – man hätte warten und ausdauern müssen –, oder sie hatten eben ihr Vermögen verloren. (Ich hoffe, Sie werden endlich einsehen, daß ich eigentlich doch ungemein wählerisch bin.)

Wie oft habe ich mir gesagt: liebes Kind, es muß nun einmal sein... der Ernst des Lebens... Schulaufgaben müssen gemacht werden, sonst gibt es kein Dessert...

Aber ich habe weder als Kind noch später den nötigen Eifer für meine Schulaufgaben gehabt, es war immer etwas anderes da, was mich gerade mehr lockte.

Wenn man auf diesem Wege Karriere machen will und nicht ganz besonderen Dusel hat, muß man vor allem eiserne Nerven und eiserne Ausdauer haben. Und, wie beim Theater, möglichst früh anfangen, damit die Schattenseiten des Metiers zur Gewohnheit werden. Hat man sich erst daran gewöhnt, zu tun und zu lassen, was man eben gerne tun und lassen möchte, ja, dann ist man zu verwöhnt. L'art pour l'art ist sicher schöner, erfreulicher, aber unrentabel.

Nerven und Ausdauer, also im Grunde etwa dieselben Qualitäten wie für die Ehe. Stellen Sie sich eine Dauersache mit Finanzhintergrund vor – auf einmal hat man keine Lust mehr, möchte ihn eine Zeitlang nicht mehr sehen, – aber er kommt unweigerlich zwei Abende in der Woche, will einen womöglich zwischendurch noch sehen. – Oder es gefällt einem plötzlich jemand anders – finanzielle Dauersachen sind noch eifersüchtiger wie der verheirateteste Gatte. Manchmal lieben sie uns auch wirklich – sogar die Seele.

Und verschiedene à tempo – sehr unbequem – sobald Männer Geld hergeben, sind sie viel scharfsichtiger und wissen besser Bescheid über Einkaufspreise. Jeder ahnt den anderen: Woher die indische Decke? – oder der Pelz oder sonst irgend etwas.

Man müßte denn schon eine offizielle Persönlichkeit sein – nur so oder mit Nebenberuf – etwas Tanzendes, Singendes, Springendes. Das schwächt die Eifersuchten ab, weil man damit renommieren kann: die Soundso? – Aha – kenne ich auch! –

Und ein Beruf, wäre er auch noch so lustig – wir wissen es beide, lieber Doktor –, selbst wenn der Himmel mir die schönsten Talente in die Wiege gelegt hätte, die Ausdauer ist nun einmal vergessen worden, und ohne die geht es in keiner Branche.

Übrigens habe ich immer wieder die Beobachtung gemacht, daß die Mädchen, die aus unteren Schichten heraufkommen, viel energischer und zielbewußter danach streben, Karriere zu machen. Sie wollen um jeden Preis nach oben kommen und reussieren deshalb auch viel eher. Wir anderen – ich zum Beispiel bin sehr verwöhnt aufgewachsen, die äußeren Annehmlichkeiten waren einfach da und erschienen mir nie wie etwas Außerordentliches. Das bleibt im Gefühl – hätte ich von heute auf morgen Haus und Hof,

Equipage, Dienerschaft und so weiter – es würde mir nur selbstverständlich vorkommen. Ist es nicht vorhanden, so empfinde ich das eigentlich wieder nur als einen provisorischen unangenehmen Zustand. Hat man den Zug verpaßt, so muß man halt auf irgendeiner mesquinen kleinen Station warten, aber man identifiziert sich deshalb doch nicht mit ihr.

Ich fürchte überhaupt, die gute Erziehung, das Aufwachsen in einer erstklassigen Umgebung (sehen Sie, wie ich mich in die Brust werfe) beeinträchtigt die Entwickelung der praktischen und kaufmännischen Instinkte sehr stark. Man empfindet es immer als widersinnig, daß die Existenzfrage sich nicht ganz von selbst erledigt. Ich bin überzeugt, daß keiner meiner näheren Stammesgenossen imstande ist, einen Kursbericht zu verstehen; kommt er einmal auf den Gedanken zu spekulieren, so läßt er es eben durch seinen Bankier machen. – Und als Frau – sollte man zum mindesten einen Impresario haben, dann wäre es schon eine andere Sache. Aber dieses Amt übernimmt wieder kein Mann, der etwas auf sich hält.

Man müßte – man sollte – ich weiß schon, mein Lieber, Sie haben Ihre Freude daran, wenn ich auf dem Diwan liege und aus tiefster

Seele sage: man sollte eigentlich... und doch um keinen Preis aufstehen würde, um das, was man „eigentlich sollte“, in Angriff zu nehmen...

12

Nicht so ungeduldig, mein Freund – ich weiß sehr wohl, daß es sich gehört, Briefe fertig zu schreiben, aber „das Leben nahm mir die Feder aus der Hand“, und ich war seither nicht in Teestimmung. So hab' ich ihn als Fragment abgeschickt, um Sie nicht länger warten zu lassen; und ich denke, für ein Fragment war er lang genug.

Heute würde ich nun wohl schwerlich den Faden wiederfinden, wenn Sie ihn mir nicht so liebenswürdig zugereicht hätten. Das „Thema“ scheint Sie beinah mehr zu interessieren wie mich selbst, ich möchte wissen, warum. Es sieht fast so aus, als könnten Sie die Zeit nicht erwarten, wo Sie an meiner Seite Viere lang fahren werden. Es wäre auch sicher sehr hübsch, aber einstweilen gefällt es mir noch ganz gut, hier und da in ein fremdes Auto einzusteigen und so weit mitzufahren, wie ich gerade Lust habe. Ist keines da, so läuft man zu Fuß und flucht oder amüsiert sich darüber – je nachdem.

Gott ja – das berühmte Thema – teurer Doktor, bitte, verwechseln Sie den Mangel an kaufmännischem Talent nicht wieder mit innerem Wert. Nein, ich habe innerlich nichts, gar nichts gegen das „Verkaufen“ einzuwenden, weder für andere noch für mich. Nur müßten die Bedingungen angenehm und annehmbar sein. Und das ist selten, ach, so selten der Fall, vielleicht verfolgt auch gerade mich ein besonderer Unstern.

Erschrecken Sie nicht, ich möchte sogar gelassen aussprechen, daß für mein Gefühl der Handel in seiner direktesten Form immer noch die beste Möglichkeit wäre und eigentlich auch die anständigste. Ein fremder Herr (schon die Fremdheit... Sie wissen ja...), der spurlos wieder in der Versenkung verschwindet – was für eine Ersparnis an Nervenkraft gegenüber dem festen Utilitätsverhältnis, das vorsichtig gehandhabt und geduldig ertragen werden muß. – Aber auf diesem Gebiet ist ja leider alles so mangelhaft organisiert, so gesellschaftlich unmöglich gemacht... verlassen wir es lieber...

Der Sizilianer ist gerade zur rechten Zeit aufgetaucht, und sein Auto ist gut. – Warum ist er Ihnen nicht „ganz geheuer“? – Ein „Rasta“, mit dem ich arg hereinfallen werde, meinen Sie – sicher ist er ein Rasta, aber das ist ja gerade sein Hauptcharme, ich habe immer ein Faible dafür gehabt. Und vermutlich fällt er eher mit mir herein, denn er scheint es wenigstens bisher bitter ernst zu nehmen. Und ich weiß nicht recht, was ich mit seinem Herzen anfangen soll.

Es kann ein Dilemma sein, ob man jemand glücklich oder unglücklich machen soll. Manche haben mehr davon, wenn sie unglücklich sind – sie wollen gerne alle Tiefen der Leidenschaft durchmessen –, und sind dann auch traitabler. In diesem Falle bin ich mir noch nicht klar darüber.

Pedro – so heißt er – ist in seinem ganzen Wesen etwas ungestüm, und wenn er zu glücklich ist, werde ich einen schweren Stand haben. Aber die direkte Werbung steht noch aus – ich finde diesen Zwischenzustand sehr reizvoll und möchte ihn noch eine Zeitlang festhalten. Er umwandelt mich einstweilen auf Freiersfüßen und demonstriert mir vor, wie angenehm das Leben sich an seiner Seite leben läßt.

Wenn ich zum Frühstück komme, sitzt er schon da, eine Blume im Knopfloch, dieselbe Blume als Strauß an meinem Platz – etwas ungeduldig, denn ich komme immer eine Stunde zu spät, und sein Chauffeur tyrannisiert ihn.

„Madame…“ – Handkuß – „ces fleurs…“, dann kommt, was die Blumen des heutigen Tages mir sagen sollen. Darin ist er erfinderisch. Gott, muß es anstrengend sein, sich jeden Morgen etwas anderes auszudenken!

Dann fahren wir in die Umgegend oder treiben uns in der Stadt herum, er macht die Honneurs, jagt mich durch Altertum, Renaissance und römisches Volksleben der Gegenwart – immer mit demselben Feuer, der Beredsamkeit des Südländers und vielen Gesten. Er findet mich blasiert (sagen Sie mir bitte – bin ich es wirklich?), wenn ich nicht über jede alte Kaiserbüste und jede Osteria, wo ein paar Arbeiter Wein trinken und Musik machen, in Ekstase gerate. Ich kann mir nun einmal nicht helfen, es kommt mir ganz selbstverständlich vor, daß in Rom alles römisch oder in Griechenland alles griechisch ist und daß es eben daselbst früher alte Römer und alte Griechen gegeben hat. Warum muß man das so aufregend finden? Und macht mir irgend etwas besonderen Eindruck, warum soll ich dann eine Rede darüber halten…?

Unterbrechung – – – drei Tage später –

Nein, ich glaube, man darf diesen Mann nicht unbedingt glücklich machen, er ist zu erdrückend intensiv. Den ganzen Tag über habe ich das Gefühl, als ob ich mit dem Vesuv spazieren ginge.

Der letzte Montag, an dem ich dieses Handschreiben begann, war der Vorabend großer Ereignisse. – Soll ich Ihnen „alles" erzählen? – Nein, ich erzähle nie alles, und Sie verdienen noch Strafe für den Rasta und für Ihre Zweifel – also bekommen Sie heute nur einen Auszug...

Ein Situationsbild... wir sitzen spät abends am Kolosseum. Ich habe eine glühende Schilderung der Gladiatorenkämpfe ohne Zucken über mich ergehen lassen. Der Chauffeur wandert grollend in irgendeinem Stockwerk des „immortale Amfiteatro" auf und ab, er haßt diese Art von Unternehmungen, haßt überhaupt die Romantik seines Herrn, haßt mich. – Ich leide darunter, ich kann es durchaus nicht vertragen, wenn ein männliches Wesen mich mit Abneigung betrachtet, sei es auch nur ein Eisenbahnschaffner oder ein Chauffeur.

Wir haben das Altertum verlassen, unser Gespräch dreht sich jetzt um andere Dinge – um Liebe. Wenn man zu zweien im Dunkeln sitzt, ist es wohl immer das Nächstliegende. Wir sprechen alle

Abend um diese Zeit über Liebe, auch wenn wir im Restaurant sitzen, und die persönliche Nuance wird von Abend zu Abend stärker betont.

Er geht allmählich in einen Hymnus auf die Frauen über, – im allgemeinen – im besonderen – die Frauen im Süden – die aus dem Norden – die blonden – die eine blonde Frau, mit der man eben jetzt in Rom unvergeßliche Frühlingstage verlebt. Etwas zu viel echtes Gefühl – das kann unter Umständen leise beklemmend wirken. Mit seinem Rastatum ist es doch nicht weit her. Aber er spricht ein entzückendes Durcheinander von Deutsch, Französisch, Italienisch – das hab' ich so gern, mein Herz schlägt doch etwas für ihn... meine Hand ruht zwischen seinen beiden Händen... sehr gute Hände mit schönen Nägeln und einem breiten, sonderbaren Ring.

Es scheint also, daß wir einig sind... aber auf einmal wird er sehr merkwürdig... schweigt... verfinstert sich... Stumm, gewaltsam drückt er mir die Hand – die Hände – steht auf, pfeift dem Chauffeur. Wir steigen ein und fahren langsam, sehr langsam noch ein Stück aus der Stadt hinaus.

Ganz plötzlich, ganz unvorhergesehen, kniet er neben mir – vor mir ist nicht Platz genug – beinah beschwörend: „Ich bin ein schlechter Mensch – schlecht – sehr schlecht."

Ich: „???..."

Ja, er ist verlobt – dort in Sizilien – und doch – und Rom – und eine blonde Frau – – –

Ich atme auf – wenn's weiter nichts ist –

Die Blumen am nächsten Morgen waren viele dunkelrote Rosen, und er ist sehr glücklich – eben etwas zu glücklich.

13

Armer Freund, Sie haben es in letzter Zeit schlecht gehabt – Fragmente, Ansichtskarten und leere Versprechungen, aber heute abend bin ich nur für Sie vorhanden und gedenke es wieder gut zu machen.

Zuerst will ich Ihnen danken, daß Sie mir Ihren Segen nicht weiter vorenthalten und sich so liebenswürdig mit dem „Rasta" ausgesöhnt haben. Wer weiß, ob Sie ihn nicht demnächst unter die Wertvollen einreihen.

Auch in meinen Augen hat er immer mehr gewonnen. Es hängt viel davon ab, wie ein Mann die ersten Schritte gestaltet, und das hat er sehr hübsch gemacht, erst allmählich und diskret, dann dramatisch und flammend.

Wie angenehm, daß man als Frau dieser Mühe überhoben ist – es muß gar nicht so leicht sein, den rechten Ton zu finden, und einige fangen es denn auch recht dumm an – so der Siegertypus, der beim ersten leisen Zeichen von Wohlwollen mit einer großen Gebärde die Tür schließt: Nun bist du mein!

Überhaupt haben manche einen feststehenden Trick. Ich weiß einen älteren Herrn, – wenn der zufällig mit einer Frau allein im Zimmer ist, setzt er seinen Zwicker auf, sieht sich vielsagend um und bemerkt: „Ist das nicht eine wahnsinnig komische Situation!“ – (Durch Freundinnen habe ich erfahren, daß er es jedesmal so macht.)

Ob das wirksam ist? – Ich weiß nicht – auf mich hat es keinen verführerischen Eindruck gemacht. Ich wußte nur zu antworten: ja, es sei wirklich zum Totlachen – und da schwieg er betroffen und enttäuscht. – Vielleicht lag es auch daran, daß ich ältere Herren überhaupt nicht besonders schätze.

Aber ich habe Ihnen heute noch viel zu erzählen –

Die Hauptbegebenheit – also hören Sie: ich sitze neulich unten in der Halle und warte auf den Chauffeur, der mich abholen soll, warte schon lange und schlafe beinahe ein. Jeden Augenblick gehen Leute vorüber, und dann bleibt jemand hinter mir stehen – ein wohlbekanntes: „How are you?“ – Sir John mit einem jugendlichen Begleiter – und im gleichen Augenblick der haßerfüllte Chauffeur, um zu melden, daß sein Herr mich draußen erwartet. Nur gerade Zeit zu einem ungeheuren Händeschütteln, Vorstellung des Begleiters und einer raschen Verabredung, dann stürzte ich meinen Verpflichtungen nach und hörte nur noch ein etwas verwundertes: „O I say!“ hinter mir herklingen.

Wir trafen uns denn auch nächster Tage, in einem Tea-room natürlich. – Keine Wehmut, mein Freund, wenn Sie hier wären – nein, doch nicht – es würde jetzt kein gutes Dreieck geben – – –

Also, mit Sir John im Tea-room, seinen neulichen Gefährten hatte er mitgebracht. Der junge Mann ist Dichter, zeigt aber keine äußeren Symptome seines bedenklichen Handwerks, verhielt sich sehr schweigsam, sehr erzogen, sehr diskret, während wir einem lebhaften Austausch frönten. Dieses Wiedersehen war beiderseitig ein großes Fest.

Sir John, der Vielgenannte, den Sie ja leider nie kennen gelernt haben, ist wohl der Mann, mit dem ich mich von allen am besten verstehe. Ich muß wieder einmal etwas indiskret sein, um Ihnen das zu erläutern. Es besteht zwischen uns ein: on revient toujours – wirkliche Freundschaft mit amourösen Intervallen, die immer ohne Tragik, ohne Konflikte und Bitternis verlaufen sind.

Er hat sehr vielfältige Beziehungen zu Frauen und kultiviert jede einzelne wie ein Gärtner seine Pflanzen, jede bekommt ihr besonderes Terrain und ihre besondere Pflege. Für jede ist er der aufmerksamste und angenehmste Galan und suggeriert durchaus das Gefühl, daß er im Moment nur für sie da ist. Unmöglich, ihm übel zu nehmen, wenn er sagt: „Sie müssen sich unbedingt für heute abend frei machen, denn übermorgen treffe ich eine Frau, die ich sehr liebe, aber es ist eine etwas tragische Sache, und ich werde dann ein paar Tage Melancholie haben." – Ebenso wird er dieser Frau sagen, sie müsse einen Tag warten, denn er wolle vorher noch mit einer anderen sehr vergnügt sein.

Er erzählt viel von seinen Amouren, taktvoll und aus wirklich tiefem Interesse, denkt über jede einzelne sehr ernsthaft nach, hat auch gerne, wenn man ihm erzählt, und denkt ebenso ernst darüber nach.

Die sizilianische Angelegenheit erfüllt ihn mit innigem Vergnügen, als hätte ich ihm einen großen persönlichen Gefallen erwiesen. – Nun, mich freut sie ja auch, besonders seit die beiden hier sind. Man hat manchmal sehr gerne jemand zum Miterleben. Die allzu ausführliche Zweisamkeit fing gerade an mich etwas zu ermüden, und was ich hier sonst en passant kennen gelernt habe, war nichts Rechtes. Italiener haben immer die gleiche fade Feurigkeit, ob es ein Offizier, ein höflicher Kutscher oder ein Priester ist.

Nun kann ich wenigstens, so oft es geht, mit Vergnügen ausreißen, meinem Amante habe ich mit einiger Mühe plausibel gemacht, daß ich manchmal allein sein müßte, um römische Eindrücke in mich aufzunehmen. Nur muß man vorsichtig sein, und das ist immer eine Pein für mich.

Aber wie Sie sehen, bin ich diesmal sehr darauf bedacht, meine Chancen zu wahren – ich habe Grund, aus allerlei explosiven

Äußerungen zu schließen, daß sie nicht schlecht sind – trotz der Braut in Sizilien, deren er manchmal – nach beiden Seiten hin – mit Reue und Bedauern gedenkt.

Letzte Woche trafen wir uns, wie die alten Christen, in den Katakomben; Sir John wollte dort irgendwelche Studien machen und betrieb sie mit seiner englischen Gründlichkeit, während der Dichter und ich draußen in der Sonne saßen und uns unterhielten.

Sir John hat uns beide vorsorglich gewarnt, wir sollten nicht miteinander in love fallen; mich: er sei noch gar so jung und grün – und ihn: ich dürfe mir die berühmten Chancen nicht durch eine überflüssige Amourette verderben.

Das Spiel ist ungefährlich, ich würde mich schwerlich mehr in einen Dichter verlieben. – In früheren Zeiten ist es schon vorgekommen, aber es war immer sehr anstrengend. Man mußte soviel posieren, sonst wird der Dichter ernüchtert – muß ihn immer im Rausch erhalten, denn ein richtiger Dichter will eben Rausch – Purpur – Gold – und so weiter. Für das alles hat man aufzukommen, muß immer auf dem Sockel stehen. Eine Zeitlang ging das auch – nein, eigentlich ging es doch wohl nicht, es war immer viel Schwindel dabei. Nur gefiel es einem, auch einmal pathetisch genommen zu werden. Aber dann verlangte man doch wieder herunter, sehnte sich wie Nebukadnezar danach, mit den Tieren des Feldes Gras zu fressen. Das können die Dichter nicht leiden. Und dann sollte man Seele haben, möglichst viel Seele. Ich hatte auch einmal so etwas, oder man hielt es dafür. Ich glaube, es war nur, wenn ich mich aus irgendeinem Grunde nicht wohl in meiner Haut fühlte. Das halten die Mitmenschen ja gerne für ein Kennzeichen von intensivem Seelenleben.

Gott, es muß ja auch nicht immer ein professioneller Dichter sein, aber Sie können sich schon denken, welche Art Leute ich meine.

Der Knabe, mit dem ich hier über alten Gräbern wandle, scheint übrigens nicht zu dieser Sorte zu gehören. Ich interviewte ihn recht gründlich darüber, und er wurde ganz unglücklich. Er habe nun einmal Talent und das Schreiben mache ihm Freude, während er sich mit einem bürgerlichen Beruf schwer abfinden würde. Aber Dichter – ja, es sei eine peinliche Bezeichnung, das fände er selbst, und es wäre ja trostlos, wenn die Frauen einem deshalb davonliefen.

„O, ich bin Ihnen noch nicht davongelaufen – und wie war's denn mit den anderen?"

„Ach, die Frauen, die ich bis jetzt – geliebt habe, waren eigentlich alle schrecklich – –“

„Das ist ein melancholisches Bekenntnis – armer Dichter!“

„Und wenn mir eine wirklich gefiel, hat Sir John jedesmal gesagt, sie sei nichts für mich.“

„Sie richten sich also immer danach, was er Ihnen sagt?“

„Gott, er hat mich doch entdeckt und meine Eltern überzeugt, daß ich Talent habe. Ich brauche jetzt nicht mehr zu studieren, und sie haben mich ihm gewissermaßen anvertraut. Da muß ich mich doch etwas nach seinen Ratschlägen richten. – Zum Beispiel, als Sie...“

Pause.

„Aha, es geht also auch auf mich?“

Der Dichter, verlegen, aber dann mutig: „Ja – auch auf Sie...“

„Bitte, etwas Näheres darüber, das macht mich neugierig.“

„Ich weiß nicht, ob es indiskret ist...“

„Dichter sind immer indiskret – meint John, daß ich Ihr jugendliches Gemüt...“

„O nein, im Gegenteil. Ihr Umgang wäre sehr gut für mich. Aber Sie sind doch – pardon, es klingt so – –“

„Nur weiter."

„Also, er sagte, ich sollte mir keine Illusionen machen, Sie seien sozusagen in festen Händen..."

Ich mußte so lachen, daß er ganz bestürzt war: „Ist es am Ende nicht wahr?"

„Doch, es ist wahr, das heißt – ich bin eigentlich nie in sehr festen Händen – –"

Er sieht mich etwas verwundert an: „Wieso? Ich dachte, Sie liebten ihn?"

„Wen? Sir John oder den Rasta?"

Ein rascher Blick – das war etwas unvorsichtig von mir, nun wird er anfangen Rätsel zu raten.

Dann kam Sir John, und wir konnten das lehrreiche Gespräch nicht fortsetzen.

Und meinen Brief werde ich heute auch nicht mehr fortsetzen, ich erzähle Ihnen doch nur dummes Zeug.

14

Mir ist in den letzten Tagen, wenn ich mich mit dem Dichter unterhielt, etwas aufgefallen, nämlich, daß man doch immer eine ganze Menge verschiedener Ansichten über ein und dieselbe Sache hat. Sie hängen ganz davon ab, mit wem man gerade spricht. Man dreht einen Gegenstand um, beguckt ihn von allen Seiten, stellt ihn auf den Kopf – jedesmal sieht er anders aus. Dann legt man ihn weg: o genug, gehen wir lieber ins Café. Ergo: man hat überhaupt keine Ansichten, und es ist auch sicher überflüssig.

Aber glauben Sie deshalb bitte nicht, daß unsere Gespräche sich immer um Ansichten drehen. Der Dichter ist, wie ich schon ahnend voraussah, sehr wißbegierig geworden, und wir rätselraten miteinander wie bei einem Gesellschaftsspiel. Ich erzähle ihm Schwänke aus meinem Leben und gehe um das allzu Persönliche möglichst herum. Zum Beispiel, die ersehnte Aufklärung über Sir John wird ihm beharrlich vorenthalten – ob es einmal war – wann es war und wie wir jetzt zueinander stehen. Ich fühle, daß ihn dies alles brennend interessiert, er möchte doch „das Leben kennen lernen". Aber ich habe immer das Prinzip gehabt, daß jeder Mann so wenig wie möglich von dem anderen wissen soll – für alle Eventualitäten.

Mit dem Sizilianer liegt es anders, die ganze Sache ist zu offiziell. Ich habe das eigentlich nicht gern, es ist immer etwas mauvais genre. Aber hier in Rom, mit dem vulkanischen Pedro, dem Auto und dem Chauffeur, war es einfach nicht zu vermeiden.

Das alles und vieles andere hab' ich dem Dichter mit vieler Mühe auseinandergesetzt, und er gibt sich ebenso viel Mühe, es zu erfassen. Man sieht ihm manchmal förmlich an, wie sein unerfahrenes Gehirn arbeitet.

„Darf ich ganz offen reden?" – fragte er neulich, als wir von dem Rasta und von den Chancen sprachen. Ja, er durfte.

„Aber ich muß etwas sehr Freches sagen..."

„Ich bitte darum!"

„Ja – Sie leben doch eigentlich wie eine – eine –"

„Ganz falsch, lieber Dichter, ich lebe nur ein Privatleben, und es schaut viel zu wenig dabei heraus."

„Und Ihr Sizilianer?"

„Ist eine zufällige Verbindung von angenehm und nützlich."

„Aber Sie lieben ihn doch nicht wirklich?"

„Wie man es nehmen will."

„Und Sir John – als ich Sie gestern abend bei ihm traf – – –“

„Junger Mann, sein Sie vorsichtig – das ist noch gar kein Beweis.“

„So...?... Aber Sie geben doch zu, daß Sie mehrere auf einmal lieben können?“

„Und?...“

„Es wundert mich, daß Sie bei dieser Veranlagung, oder wie man es nennen soll, eben nicht – –“

„Eine – eine geworden sind?“

„Ja, ungefähr das wollte ich sagen. – Sie sind böse?“

„Nein, ich bin diese Frage gewöhnt, – aber Sie sind noch so dumm. – Werden, das ist leicht gesagt. Denken Sie an Ihr einstiges Studium, Sie hatten auch keine Lust, etwas zu werden, und wollten lieber Verse machen, die nichts einbringen.“

„Herrgott, das ist doch etwas anderes.“

„O nein, ganz dasselbe. Aber zu jedem Beruf gehören ausgesprochene Fähigkeiten und Glück, wenn es etwas Richtiges werden soll.“

„Nun, was das Glück betrifft...“

„Nein, ich habe nur in der Liebe Glück, im Spiel versagt es.“

„Was versteht man eigentlich unter Glück in der Liebe?“

„O... ich denke, daß man oft geliebt wird und immer den bekommt, den man haben will.“

„Haben Sie nie eine unglückliche Liebe gehabt?“

„Nein. Sie liegt mir auch nicht, und ich kann sie mir beim besten Willen nicht vorstellen.“

„Lieber Gott, Sie müssen doch ungeheuer zufrieden mit Ihrem Schicksal sein.“

„Sicher, ich bin ganz verliebt in mein Schicksal. In dieser Beziehung benahm es sich tadellos, – aber dafür habe ich in anderen Dingen unerhörtes Pech.“

„Wieso?“

„Ich empfinde es beispielsweise als Schikane, daß ich nicht in Geld und Luxus schwimme.“

„Aber, teure Frau, dafür haben Sie doch in Ihrem Empfindungsleben den unerhörtesten Luxus getrieben...“

„Ach, Sie sind und bleiben ein Dichter – es war auch alles sehr schön, aber ich fange an, mich nach Seelenschmerzen und einem Bankkonto zu sehnen.“

„Und der Rasta macht Ihnen keine Seelenschmerzen?“

„Nein, das ist es ja gerade – deshalb bin ich auch so besorgt um das Bankkonto. Man wird abergläubisch.“

„Wissen Sie, ich glaube, Sie haben zu viel Persönlichkeit, um auf diesem Wege...“

„Lieber einziger Dichter, mit „Persönlichkeit“ können Sie mich die Wände hinaufjagen. Ich breche jeden Verkehr mit Ihnen ab, wenn Sie das noch einmal sagen.“

„Aber warum denn?“

„Weil es die ärgste Geschmacklosigkeit ist, die man einer Frau sagen kann – eine Redensart, die nur Reformmänner in den Mund nehmen. – Merken Sie sich das.“

„Ich will's gewiß nicht wieder tun, aber dann nennen Sie mich, bitte, auch nicht mehr Dichter, das ist sicher ebenso kränkend.“

„Schön, also – Bobby – oder ist das Sir Johns Privilegium? Bobby klingt ganz hübsch – verzogen und aus guter Familie...“

Der Dichter küßt mir die Hand. – Pause.

„Darf ich noch etwas fragen?“

„Bitte...“

„Warum sind Sie nicht irgend etwas anderes geworden? Sie haben doch so viele Fähigkeiten?“

„Ich hab's versucht, Bobby, aber es ist immer dieselbe Geschichte. Theater zum Beispiel – der bloße Gedanke, daß ich irgendwohin gehen muß, wenn ich gerade keine Lust habe, macht mich krank. Beruf ist etwas, woran man stirbt.“

Bobby denkt nach.

„Warum schreiben Sie nicht? Sie haben doch soviel erlebt und können gut erzählen?“

„Daran habe ich auch schon gedacht, – aber es hat soviel peinlichen Beigeschmack – eine schreibende Frau – schrecklich. Denken Sie nur, alle Leute, die man nicht kennt, taxieren einen auf geistige Interessen und dergleichen. Sonst hätte es vielleicht etwas für sich – man brauchte nur eine Füllfeder und einen guten Diwan – nein, ich müßte auch einen Kompagnon haben, sonst wäre es doch wieder langweilig und anstrengend.“

„Der Kompagnon steht zur Verfügung.“

„Wenn alle Stränge reißen, werde ich Sie beim Wort nehmen, Bobby, – aber jetzt müssen Sie mich heimbegleiten. Pedro wartet.“

„Immer Pedro! – Und wann sehe ich Sie wieder?"

„Wenn Pedro nicht auf mich wartet."

Und darauf muß ich auch Sie heute vertrösten, lieber Doktor. Pedro wartet immer – es ist, weiß Gott, auch das ein hartes Brot!

Das war Montag – erst heute komme ich dazu, weiter zu schreiben. Ich hoffe, Sie gewöhnen sich allmählich daran.

Eben habe ich die ganze Gesellschaft spazieren geschickt. Die ganze Gesellschaft? – Ja, wir sind neuerdings zum Ensemble geworden. Es ist ein ganz wohltuender Zustand. Wie ich Ihnen schon einmal sagte – ich fing in der letzten Zeit an, mich mit meinem Vesuv beträchtlich zu langweilen.

Er war eben zu glücklich, und solch ein wolkenloses Glück in beständigem Tête-à-tête, das geht nicht auf die Länge.

Durch meine Seitensprünge zu den beiden anderen wurde es denn auch vorübergehend verdüstert. Der Vesuv grollte über meine häufigen Abwesenheiten und wurde mißtrauisch, als ich neulich schon wieder für einen Nachmittag Urlaub nahm – diesmal, um alte Bekannte zu treffen. Die bisherigen Vorwände waren schon etwas zu fadenscheinig. Er grollte, und der Chauffeur beglückte mein Herz zum erstenmal durch einen wohlwollenden Blick.

Bei Sir John war eine kleine Gesellschaft, und der Nachmittag dehnte sich ziemlich aus – bis zwei Uhr nachts. Als ich in mein Hotel zurückkam, wanderte der Sizilianer vor der Tür auf und ab – allein – zu Fuß – zornig und dramatisch. Es erfolgte eine animierte Zwiesprache, und ich benutzte den nächsten Tag, um beleidigt von der Bildfläche zu verschwinden und mit Johns Gesellschaft, die noch vollzählig beisammen war, in die Campagna zu flüchten.

Als ich diesmal nach Hause kam, fand ich ihn wieder vor, aber blaß und melancholisch. Der Chauffeur dagegen stand mit gütiger Miene in der Haustür. Beide hatten wohl gedacht, ich sei endgültig verschwunden.

Wir versöhnten uns wieder, und ich habe alles, was sich für seine Ohren eignete, gestanden. Daraufhin eine neue Kalamität, er wollte meine Freunde kennen lernen.

Ich liebe es gar nicht, meine verschiedenen Bekannten miteinander zu vermählen. Sie passen doch nie zusammen, und in diesem Fall schien es mir etwas riskiert. So wand ich mich anfänglich darum herum und verhandelte mit sämtlichen Beteiligten. Aber ich wurde überstimmt, der Sizilianer ermattete mich mit seiner Eifersucht, Sir John suchte meine Eitelkeit zu reizen, er meinte, ich wolle den „remarkable Rasta" nur nicht herzeigen – und der Dichter brannte natürlich auf Einblicke in die Lebewelt.

Ich brachte sie also zusammen, und Pedro lud die beiden mit wilder Gastlichkeit ein. Er gab ein fürstliches Souper in seiner Wohnung und gewann ihre Herzen im Sturm. Ich selbst fand ihn an dem Abend so reizend, daß ich mich ganz neu in ihn verliebte. Es gibt Männer, in die man nur richtig verliebt ist, wenn noch andere dabei sind.

Sir John strahlte vor innerem Pläsier, und der Dichter war so begeistert, daß er um keinen Preis mehr nach Hause gehen wollte. Man behielt ihn also da, bis zum nächsten Abend, wo wir alle Johns Gäste waren. Und so ging es ein paar Tage fort.

Lieber Doktor, ich bin noch zu schläfrig, daß ich es bis auf weiteres vorziehe, Ihnen Lebewohl und Gute Nacht zu sagen.

15

Ihren Brief habe ich hier vorgefunden – o nein, ich bin nicht für immer entschlafen – seit meinem letzten Brief aus Rom. Aber ich will gerne glauben, daß er etwas übernächtig ausgefallen ist.

Ich hatte auch wirklich die besten Absichten, Sie auf dem laufenden zu halten, aber das Laufende lief mit mir davon, und ich bin etwas außer Atem gekommen.

Man kann nicht immer im Zusammenhang bleiben, liebster Freund, das Leben selbst ist gar so unzusammenhängend.

Momentan – aber wir wollen lieber erst die Ereignisse nachholen. – Gott, ich habe es mir so angewöhnt, nur noch per wir zu sprechen. Das kommt davon, wenn man als Ensemble lebt. Manchmal muß ich mich förmlich erst darauf besinnen, daß ich auch noch ein Einzelwesen bin.

Also – wie schon mein Telegramm Ihnen meldete – Bobby hat es aufgegeben und war sehr neugierig –, wir sind umgezogen, nach Neapel.

Pedro bekam fortwährend Telegramme, woraus man schließen konnte, daß etwas nicht in Ordnung war, er hat sonst sehr wenig

Korrespondenz. Und der Chauffeur war wieder ungewöhnlich finster.

Ich war sehr nett mit ihm – mit Pedro – diskrete Teilnahme bei völliger Ahnungslosigkeit – und er schloß mir denn auch sein Herz auf.

In erster Linie Geld-, in zweiter Linie Brautverlegenheiten. Man wünscht, daß er sie heiratet. Das war ja eigentlich vorauszusehen, aber er scheint es sich nicht genügend klar gemacht zu haben. Wir haben in den letzten Wochen wohl alle etwas vergessen, um was es sich handelt. – Lieber Doktor, das ist immer der glücklichste Zustand, und „wir" waren auch wirklich alle sehr glücklich.

Weiter: die Braut ist seine Cousine, folglich ihr Vater sein Onkel, und von diesem Onkel scheint er pekuniär ziemlich abhängig zu sein. Das Nähere hab' ich natürlich vergessen, ich höre nie zu, wenn man mir „Näheres" auseinandersetzt, und das ist manchmal verhängnisvoll.

Er, Pedro, treibt sich nun schon lange in Europa herum, und die Art, wie er das tut, scheint dem Onkel nicht mehr zu gefallen.

Summa: der Onkel macht bedenkliche Anstalten, ihn „einzukassieren“ (auch ein typisches Erlebnis, daß „er“ von meiner Seite weg einkassiert wird).

Pedro hat erst gerast, er wolle jetzt nicht heim, auf keinen Fall, – dann bedrückte ihn wieder seine doppelte Verworfenheit – gegen sie und gegen mich.

O meine Chancen – es war schon die Rede davon, daß er mich in Rom oder Neapel etablieren wollte – ich sollte immer irgendwie „da sein“, auch wenn er eine Zeitlang nach Hause müßte. Ich weiß ja selbst noch nicht recht, ob das sehr mein Fall wäre, aber es hat ja auch wieder etwas Verlockendes. – Apathische Dauersache mit lebhafteren Momenten – ich hab' ihn doch wirklich ganz gern.

Übrigens scheint es, daß wir in Rom beträchtliche Schulden gemacht haben. Ich riet deshalb zum Umzug nach Neapel, das heißt, die römische Wohnung sollte er behalten, Chauffeur und Auto zur Beruhigung der Gemüter noch eine Zeitlang dort lassen und dann von hier aus einen Besuch in Sizilien machen.

Meine Ratschläge in solchen Angelegenheiten sind immer gut. Wieder einmal muß ich hervorheben, daß ich viel Sinn dafür habe, jede Lebenslage tunlichst harmonisch zu gestalten. Sie fanden deshalb auch dieses Mal Anklang und bewährten sich. Man hat uns ganz ruhig ziehen lassen, und der Chauffeur ist uns inzwischen schon nachgekommen.

Sir John und sein Schützling sind natürlich auch mit – was Gott so schön zusammenfügte, – keiner von uns hätte den Mut gehabt, es zu trennen.

Wir haben unsere Namen hier etwas abgeändert – wie Sie auch aus meinem Telegramm schon ersehen haben – und gelten für eine Art Familie. Die Zusammenstellung erforderte einiges Kopfzerbrechen, aber wir haben doch eine halbwegs befriedigende Lösung gefunden. Wir sind nämlich aus Versehen in einem sehr braven deutschen Hotel abgestiegen und hatten keine Lust, noch einmal zu wechseln.

Pedros Abreise hat sich noch etwas hingezogen. Man konnte sich nicht gleich zur Trennung entschließen und wollte sich erst über verschiedene Punkte mit dem Onkel schriftlich verständigen.

Dann ist er abgefahren, und alles Weitere bleibt eben abzuwarten. Die beiden anderen leisten mir dabei aufs angenehmste Gesellschaft, im Hotel sind allerhand ganz nette Leute, und wir kommen uns sehr respektabel vor. Mit dem Dichter muß ich mich vor der Öffentlichkeit duzen, wir haben ihn für meinen Stiefsohn ausgegeben. Sein Ursprung verträgt zwar eigentlich keine nähere Beleuchtung, denn Pedro sieht kaum alt genug aus, daß er für eine Jugendsünde von ihm gelten könnte. Aber Stiefsohn klingt so überzeugend. Und Sir John ist einfach „ein Schwager".

Bobby kann mich nicht recht begreifen, daß ich Pedro habe fahren lassen.

Aber was wäre, wenn ich ihn festgehalten hätte? Brouilliert er sich mit seinen Leuten, so wird er sehr auf dem Trocknen sitzen und ich mit. Liebe in einer Hütte wäre mit diesem Mann sicher ein unglückliches Unternehmen.

„Aber wenn sie ihn nun festhält?"

„Ja, da kann man nichts machen."

„Und was soll dann aus Ihnen werden?" (Wenn wir allein sind, nennen wir uns meistens wieder Sie.)

„Das steht bei Gott, Bobby. Es haben sich schon klügere Leute wie Sie manchmal den Kopf darüber zerbrochen, was aus mir werden soll."

„Wissen Sie, daß Ihr Fatalismus für andere geradezu aufreizend ist?"

„Ja, das habe ich schon manchmal gehört. Aber ich habe es längst aufgegeben, die Vorsehung beeinflussen zu wollen."

„In Rom hatten Sie doch noch die Absicht, ihn um jeden Preis festzuhalten?"

„Wir sind jetzt in Neapel, Bobby, und ich denke, Sie wollen auf Sir Johns ausdrücklichen Wunsch Lebensweisheit von mir lernen."

„Ach, es ist, weiß Gott, ein bitteres Los, Ihr Stiefsohn zu sein, und Ihre Lebensweisheit..."

„Ist tiefer, als Sie in Ihrem Unverstand meinen. Hören Sie also weiter, Bobby – wenn man eine Sache mit Begeisterung und Kraftaufwand betrieben hat, ist es eigentlich immer eine Erleichterung, wenn sie nicht zustande kommt. Ich bin nie glücklicher als in dem Moment, wo ich müßig und bewundernd meine Werke untergehen sehe. Dann kann doch wieder etwas Neues kommen."

„Und wenn nun etwas viel Schlechteres kommt?"

„Ich bin abergläubisch, lieber Bobby – aus Erfahrung. Es gibt Glückserien und Pechserien. – Ich zähle sie, und es hat immer gestimmt, mit kleinen Schwankungen. Die Pechserie geht höchstens bis neun, die Glückserie ist kürzer, bis vier oder fünf – Pedro ist gerade auf der Grenze...“

„Nein, bitte, hören Sie auf – eine Frau von Ihrer Intelligenz und solche mittelalterliche...“

„Intelligente Frau ist wieder eine Beleidigung – Sie Dichter...“

„Sir John sagt es auch – und es sei erstaunlich, daß Sie trotzdem immer nur Dummheiten im Kopf hätten...“

„Das ist ein tröstlicher Zusatz – Gott segne ihn dafür. – Gehen wir jetzt spazieren, Bobby, die Lektion ist für heute zu Ende.“

Wir gingen spazieren und erwogen Zukunftsfragen. Bobby will von hier auf eine griechische Insel gehen und möchte, daß ich mitkäme. Wenn es hier schiefgeht – ja, wenn... Die griechische Insel ist ein beliebtes Thema.

Sir John war aus, – Pedro ist fort, – und es war eine wundervolle Mainacht. Wir waren beide etwas sentimental aufgelegt, gingen immer wieder auf und ab durch die Straßen. Es war schon beinahe Morgen.

„Nein, Bobby – Sie sind mein Stiefsohn – das streift die antike Tragödie...“

Wir kamen an eine Straßenecke, an der Mauer steht mit Kreide ein großes deutliches „Ja“ geschrieben – auf deutsch. Das ist sehr merkwürdig, wir bleiben stehen und wundern uns darüber.

„Vielleicht gilt es uns…?… aber Sie halten ja nichts vom Aberglauben, Bobby??…“

„O doch!“

Ja, lieber Freund – der arme Bobby ist nun auch abergläubisch geworden…

16

Ich denke ja nach, Doktor, – ich denke nach, ich habe noch nie so viel nachgedacht wie jetzt. Alles vereinigt sich, um mich nachdenklich zu stimmen. – Ihr Brief und etliche längere Gespräche mit Sir John – es besteht eher die Gefahr, daß ich vor lauter Nachdenken tiefsinnig werde, als daß ich irgendeine große Kopflosigkeit begehe – wie Sie zu fürchten scheinen.

Lieber Freund, Sie sind ein Engel an Einsicht und Verstand, – aber Sir John hat das „Problem“ meiner Seele doch besser erraten als Sie. Es geht entschieden eine Wandlung mit mir vor – denn, wie Sie sehen, fange ich jetzt auch schon an, mich damit zu beschäftigen.

Es war so heiß in der letzten Zeit, und wir sind träge und geschwätzig aufgelegt. Nachmittags bin ich gewöhnlich allein bei Sir John – ich auf dem Sofa, er in einem tiefen bequemen Sessel, zwischen uns ein kleiner Tisch mit Café und Zigaretten. So hielten wir es auch früher schon, in seiner Wohnung – in L... –, nur daß er dann immer in seinem Klubsessel saß – ich betone *seinem*, denn zwischen dem Klubsessel und ihm bestand eine ganz besondere Zusammengehörigkeit.

Also beinah wie mit Ihnen – nein, ich bin Ihnen sehr treu, es ist ganz anders, und eine Cafézwiesprache ist durchaus verschieden vom Teegespräch.

Nur eine entfernte Ähnlichkeit – Sir John vertieft sich manchmal mit großem Ernst in meinen Charakter und will ihn um jeden Preis ergründen. Das ist im allgemeinen etwas langweilig, ich interessiere mich wenig für meinen Charakter. Er geht doch schließlich nur die anderen an, und es bleibt immer zweifelhaft, ob man überhaupt einen hat.

Aber um sich die Zeit zu vertreiben, ist es hier und da ein dankbares Thema.

Nun, und an einem solchen Nachmittage hat Sir John neulich festgestellt, die Grundnote meines Wesens sei Faulheit, eine ganz namenlose Faulheit, wie er sie in diesem Grade noch bei niemanden beobachtet habe. – Faulheit, wenn ich überhaupt etwas tue oder unternehme, denn es geschehe immer nur, um etwas anderes nicht zu tun – Faulheit, die Art, wie ich es anstelle, nämlich ungestüm und ungeduldig, um es so bald wie möglich wieder hinter mir zu haben. Und vollends sei ich unfähig, irgendeine Sache zu Ende zu führen, sei es eine Reise – denn ich reise nie dahin, wohin ich ursprünglich wollte (das ist wohl wahr), – eine Ehe, eine Chancensache oder so etwas wie einen Beruf. O ja, John ging streng mit mir ins Gericht – er behauptete, wenn einmal alles glücklich so weit sei, dann ließe ich es liegen und machte mich erleichtert aus dem Staube (auch das mußte ich zugeben). Und lieber lasse ich die unangenehmsten Konsequenzen über mich ergehen – andere Leute hielten das irrtümlich für Seelenstärke –, als daß ich mich rechtzeitig aufraffe, um sie zu vermeiden. Ja, aus lauter Energielosigkeit lege ich manchmal eine auffallende Energie an den Tag – – –

Er teilte mir das alles mit wie ein Forscher, der jahrelang an einer wichtigen Entdeckung gearbeitet hat und nun endlich das Resultat veröffentlichen kann.

Es war geradezu eine rednerische Leistung – ich kann sie leider nur unvollkommen nachstammeln.

Und der Erfolg? – Ich war zuerst sehr verblüfft, aber dann fiel es mir wie Schuppen von den Augen: – er hat recht.

Ich muß Ihnen gestehen, mein Freund, ich fühlte mich noch nie so verstanden. Mir war zumut wie einem Patienten, dem man endlich die richtige Diagnose stellt, die sich mit seinen eigenen „unterbewußten" Empfindungen und Ahnungen deckt.

Liebster Doktor, ich habe eingesehen, daß ich zeit meines Lebens bis zu diesem Nachmittag eine unverstandene Frau gewesen bin. Und Sie müssen zugeben, es liegt ein Stück Tragik darin, immer wieder für energisch, temperamentvoll, aufgeweckt und so weiter zu gelten, – wenn man eigentlich nur faul ist.

Daß ich es nie zu etwas bringe, was man eine gesicherte Existenz nennen könnte, daß ich immer ein Bild ohne Rahmen bleibe – das Rätsel, an dem wir, meine Freunde und ich, so oft vergebens herumrieten: Sir John hat es gelöst, er hat mich entdeckt wie Bobbys Talent. Ja, wirklich, ich fühle mich jetzt endlich entdeckt, verstanden, gerechtfertigt.

Und das Laufende? – Von Pedro kommen viele Briefe – ungeduldig, vulkanisch, todunglücklich – er weiß nicht, was er tun und was werden soll. – Ich weiß es auch nicht, aber ich bin nicht unglücklich.

Sir John sagt, es sei mein Unglück, daß ich immer so glücklich bin. – O, Sir John ist ein großer Weiser…

17

Heute morgen wollte ich gerade anfangen Ihnen zu schreiben, da setzte sich ein liebenswürdiger alter Herr, den wir bei Tisch kennen gelernt haben, zu mir und fragte mich im Vertrauen, ob der Dichter wirklich mein Stiefsohn sei.

Ich dachte an meinen Brief und war zerstreut, so habe ich recht dumm geantwortet: er sähe mir doch entschieden ähnlich. Der alte Herr warf mir einen prüfenden Blick zu und meinte: ja, ja, möglich, daß eine gewisse Ähnlichkeit – und das sei immerhin ein seltsames Phänomen. Überhaupt, die Mischung von angelsächsischem, romanischem und ausgesprochen nordischem Typus, wie sie anscheinend in meiner Familie herrsche, wäre wirklich interessant.

Diese kleine Ansprache lenkte meine Gedanken allmählich von Ihnen ab, teurer Freund, und ich begriff, daß man uns doch wohl durchschaut (o weh – wenn Pedro noch lange fort bleibt, möchte die Situation am Ende doch peinlich werden) – und daß der ehrwürdige Greis mir eine zarte Warnung geben wollte.

Mein Brief blieb liegen, ich frühstückte mit dem alten Herrn, und wir haben uns ganz gut unterhalten. Er ist witzig und amüsant, wußte mir mit väterlicher Güte allerlei Geständnisse zu entlocken und erinnerte sich mit sichtlichem Vergnügen an die galanten Faiblessen seiner Jugend.

Sie wissen, ältere Herren, die noch in Betracht kommen, sind nicht mein Fall, aber die noch älteren, die nicht mehr in Betracht kommen, können manchmal sehr reizend sein. Und ich habe heute gedacht, solche wirklich charmante alte Leute sind eigentlich ein Element, das in „unseren Kreisen“ ganz fehlt. Wir wurzellosen Existenzen haben alle nur so einen dunklen, verschwommenen Begriff von Eltern und Senioren, die uns übelwollen. Wo noch welche vorhanden sind, bleiben sie ganz im Hintergrund, werden gefürchtet oder sorgfältig vor uns behütet. Man kennt immer nur Altersgenossen oder Jüngere. Kommt man dann einmal, so wie heute, zufällig mit jemand viel, viel Älterem in Berührung, so wirkt er beinah wie ein seltenes, etwas unwahrscheinliches Naturspiel auf uns.

Kann man wirklich so alt sein, so ganz hors concours und immer noch Freude am Leben haben und Interesse für alles?

Barmherzigkeit: – Und einmal werden wir uns doch wohl auch an den Gedanken gewöhnen müssen, selbst alt zu werden – wie wird das gehen, wie soll man es machen?

Krankheit, Alter und Tod erscheinen mir immer als die drei Unmöglichkeiten des Lebens – alles andere geht irgendwie von selbst, – aber mit Unmöglichkeiten muß man sich zu arrangieren versuchen.

Kranksein – das läßt sich vielleicht noch bedingungsweise ausnehmen. Unter angenehmen Verhältnissen kann es möglich, manchmal sogar ganz lustig sein – gute Freunde, viele Blumen, sympathische Ärzte und das große Gegenpläsier, wieder gesund zu werden.

Aber die beiden anderen? – der Tod – warum hat man wohl so viel Angst davor? Ich habe sie auch, aber dann denke ich wieder, es ist vielleicht ganz überflüssig, wir wissen doch noch gar nicht, ob es unangenehm sein wird. Es mag verdreht sein, aber ich ertappe mich sogar auf dem Gedanken: das Leben ist so schön, trotzdem so viel dagegen eingewandt wird – am Ende ist das Sterben auch gar nicht so übel. Schlimmstenfalls ist es eine Exekution, die nicht lange dauert.

Und das Alter – alt werden? Gott, wenn man durchaus nicht mag – es kann einen ja niemand zwingen, länger zu leben, als man will.

Aber da liegt ein böses Dilemma, es ist so viel hübscher, jung zu sterben, aber um wirklich großen Charme zu haben, müßte es schon sehr früh sein. Andererseits aber möchte man möglichst viel leben und unverhältnismäßig lange jung bleiben.

Schenkt uns nun der gütige Himmel diese ausdauernde Jugend, so wird es sehr schwer sein, den richtigen Zeitpunkt zu finden. – Sehen Sie – wenn ich sterbe, möchte ich gerne noch so aussehen wie jetzt, aber ich habe doch vorläufig gar keine Lust, mich schon in die Unterwelt zu begeben. Ach, das ist wirklich schon wieder ein Problem und a very disagreeable one, wie Sir John sagt.

Wir saßen kürzlich alle drei bei ihm auf dem Sofa, der vorwitzige Bobby zupfte seinem Mentor drei graue Haare aus und sagte: „Meister, wir werden alt.“ – Mehr wie die drei fanden wir nicht, und

John lachte. Aber mir wurde doch ganz kalt, und ich dachte: wenn ich nun einmal dasitze und neben mir ein junger Dichter, der mir drei graue Haare auszupft! (Nun, in dem Nebenumstand könnte ja noch etwas Tröstliches liegen.)

Übrigens glaube ich gar nicht unbedingt daran, daß das „erste graue Haar, die erste Falte“ ein so überwältigender Eindruck ist. Eher noch der Abschied von der allerersten Jugend, von der verwegenen Sicherheit, in jedem Zustand und jeder Verfassung – ob verweint, verkatert, übernächtig oder ausgeschlafen – immer gut auszusehen, immer auf der Höhe zu sein. Man denkt auch in diesem Stadium viel mehr über die Schrecken des Älterwerdens nach. Schon beim Abschied von Hängezopf und kurzen Kleidern meint man, nun sei die Hauptsache bald vorbei, und mit zwanzig Jahren, man hätte jetzt kaum mehr Zeit vor sich. Später dann merkt man, daß es noch recht lange dauert und wie dehnbar und geräumig das Leben in Wirklichkeit ist.

Aber, bitte, sagen Sie mir nicht wieder: Sie bleiben immer jung – es ist zwar angenehm zu hören, aber die Frauen mit der ewigen Jugend halte ich doch für einen Bluff. Es kann mich ganz nervös machen, wenn immer wieder die unselige Ninon de Lenclos herbeizitiert wird. Ich bekomme dann das Gefühl: o Gott, nein, so alt möchte ich gar nicht erst werden. Ich pfeife darauf, daß meine Stiefsöhne – oder waren es richtige? – sich in mich verlieben, wenn ich siebzig bin. Das ist ja doch nichts Rechtes mehr.

Ich möchte gerne wissen, ob man sich nicht überhaupt genieren wird, alt zu sein? – Vor den anderen vielleicht nicht, sie sind ja daran gewöhnt, daß es alte Leute gibt, und finden nichts Auffälliges daran. Aber vor sich selbst – denken Sie nur, als alte Dame aufzustehen und sich im Spiegel zu sehen: guten Morgen – o Gott, aber du bist ja alt – was willst du denn noch? – ja, besonders in der Früh muß es deprimierend sein, im Laufe des Tages wird man sich wohl irgendwie in seine Rolle hineinleben.

Ich stelle mir bei allen Lebenslagen, die mir peinlich sind, gerne vor, daß ich nur eine Rolle spiele, eben jetzt diese oder jene spielen muß, die mir nicht recht liegt. Zum Beispiel bei unangenehmen Auseinandersetzungen: du bist ja nur auf der Bühne – o weh, der Souffleur ist nicht da – besinne dich rasch, was man in dieser Szene ungefähr zu sagen hat. Oder wenn man morgens aufwacht – ja, was ist denn eigentlich? – Dies und jenes, alle möglichen Unannehmlichkeiten. – Schön, ich habe also eine Frau zu spielen, die in Geldschwierigkeiten ist und nichts anzuziehen hat. – Undankbar, aber vielleicht läßt sich etwas daraus machen. Bitte auf die Bühne...

Lieber Freund und Doktor – es ist schlecht, mit mir diskutieren, denn es fällt immer wieder so aus – das ist schlimm – sehr schlimm – ja – nein, es ist eigentlich doch nicht so schlimm.

So muß ich denn schließlich auch feststellen, daß der Gedanke an die Vergänglichkeit alles Irdischen mich im großen und ganzen nicht sehr bedrückt, höchstens wenn ich gerade meinen „verfluchten Tag" habe.

Ich denke vielmehr, wenn es erst einmal so weit ist, wird man schon damit fertig werden. Wird man alt, so treibt man sich noch eine Weile als Zuschauer auf der Welt herum, braucht sich wenigstens nicht mehr zu Taten aufzuraffen. Und die Erinnerungen, die im Alter eine so bedeutende Rolle spielen sollen? Nun, bei allen guten Dingen wird man sich freuen, daß sie da waren, und bei den schlechten, daß sie vorbei sind. Die beste Vorsorge fürs Alter ist jedenfalls, daß man sich jetzt nichts entgehen läßt, was Freude macht, so intensiv wie möglich lebt. Dann wird man dermaleinst die nötige Müdigkeit haben und kein Bedauern, daß die Zeit um ist. Für all die Leute mit verfehltem Leben, versäumter Jugend, überhaupt mit vielen Unterlassungssünden, – für die muß es schrecklich sein, alt zu werden.

Nein, wenn ich mich überhaupt darauf einlasse, mein eigenes Alter mitzuerleben (was mir noch sehr fraglich ist) – in dieser Beziehung habe ich mir wenig vorzuwerfen und werde mit mildem Lächeln sagen können: es ist genug, Herr!

Und dann will ich wenigstens eine dankbare Rolle spielen, eine sehr angenehme alte Dame sein mit möglichst wenig Falten und möglichst weißem Haar – und einen reizenden Salon haben mit einem Kaminfeuer. Um den Kamin versammeln sich abends die alten Freunde, müde, galante alte Herren mit Krückstöcken, und man unterhält sich von einstigen Faiblessen.

Denken Sie nur, was wir uns dann alles erzählen werden – alles, was jetzt noch verschwiegen bleibt. In sentimentalen Stunden reden wir vielleicht auch wieder von Yvonne und dem fremden Mann – und, wenn Sie boshaft aufgelegt sind, von Paul. Ja, dann wird das Teegespräch erst seine höchste Blüte erreichen.

Danken wir Gott, daß es noch nicht so weit ist...

18

O Freund, o Doktor – das war eine schicksalsvolle Woche – und ich flüchte mich wie einst in der Regenstadt zu Ihnen, um mein müdes Haupt – nein, das geht nicht – um Ihnen mein Herz – nein, das geht auch nicht – also, einfach um Ihnen zu schreiben.

Mir ist zumute wie nach einer Kinematographenvorstellung, an der ich stark beteiligt war – also hören Sie:

Sonntag: Eilbrief aus Sizilien und drei Telegramme – er fragt, ob ich mit ihm durchbrennen will – nach Amerika, natürlich. Man brennt ja immer nach Amerika durch.

Ich weiß nicht, ob ich will. Wir beratschlagen den ganzen Tag – erst mit Sir John unter vier Augen – dann mit Bobby unter vier Augen – dann John und Bobby miteinander und ich für mich alleine und mit dem liebenswürdigen Herrn bei einer Flasche Sekt. Wir zählen an den Knöpfen ab, Bobbys Knöpfe sagen nein, Johns Knöpfe sagen ja. Bobby findet mich herzlos, aber es freut ihn, Sir John meint, meine Energielosigkeit habe den Kulminationspunkt erreicht, und er weidet sich daran. Wir zanken uns, vertragen uns wieder, werden sentimental und fühlen, daß es unendlich hart wäre, wenn wir uns jetzt so plötzlich und endgültig trennen sollten.

Mit Pedro allein einer ungewissen Zukunft entgegengehen – der alte Herr rät mir entschieden ab – wer weiß, ob er nicht als Kellner in Chicago endet – und für ihn ist's doch sicher besser, er heiratet die Cousine.

Montag abend schicken wir ein unentschiedenes Telegramm ab. Nachher bin ich sehr traurig, es tut mir leid, wenn ich ihn nun vielleicht nie wiedersehe. Bobby freut sich und wird schlecht behandelt.

Mittwoch: nicht etwa Pedro, sondern sein Onkel tritt auf – man meldet mir, Signor Alfàro wünsche mich zu sprechen – derselbe Name – ich will die Treppe hinunter und in seine Arme stürzen – der liebenswürdige alte Herr erscheint und warnt mich. Ich verstecke mich in Bobbys Zimmer, Sir John geht mit Fassung dem Onkel entgegen, entführt ihn in die Stadt und redet ernste Männerworte mit ihm. Der Onkel läßt sich überzeugen, daß ich nicht mehr hier wohne, und Sir John siedelt am Nachmittag in ein anderes Hotel über, damit wir einen sicheren Zufluchtsort für alle Fälle haben.

Abends ist der Sturm vorüber, und wir wollen bummeln gehen. Wir gehen schon seit Wochen jeden Abend bummeln. John wünscht eine Variation, ich soll mich in einen Knabenanzug stecken lassen, schon damit der Onkel mich nicht erkennt, wenn wir ihn zufällig treffen. Er könnte ja bei Pedro Bilder von mir gesehen haben. – Sir John hat manchmal solche Einfälle.

Vorsorglich hat er eine ganze Auswahl von Anzügen kommen lassen, ich gehe also hinüber, sein Hotel liegt nur zwei Häuser weiter, wechsle bei ihm die Kleider, Bobby muß einen Friseur holen, der mich mit einer schwarzen Perücke und vieler Schminke in einen ganz sympathischen Knaben verwandelt. Ich habe mich selbst kaum wiedererkannt, als ich mich im Spiegel sah. John war außer sich vor Vergnügen und wollte uns nun in allerlei „merkwürdige Lokale" führen.

Wir gingen also unter seiner Leitung in allerlei merkwürdige Lokale – davon erzähle ich Ihnen noch gelegentlich – und kamen erst in der Morgendämmerung heim.

Ich konnte zu dieser Stunde unmöglich in meine Behausung zurück, hätte mich wenigstens erst umziehen müssen, und die Rückverwandlung in meinen vorigen Zustand war ziemlich zeitraubend. So überließ John mir sein Schlafzimmer – er hat noch einen Salon daneben. Drüben in dem anderen Hotel sollte Bobby die Dehors wahren und uns Nachricht bringen, wenn der Onkel am Ende wiedererschienen wäre. Bei Tage konnte ich dann unauffällig wieder hinüberwechseln.

In heiterer Seelenruhe legte ich mich nieder und schlief bis sechs Uhr nachmittags.

Als ich aufwachte, stand Bobby vor meinem Bett –

„Um Gottes willen – Pedro ist da – und John ist ausgegangen…“

„Wo ist Pedro… ?“ Aber in dem Augenblick kam er selbst herein.

Lieber Doktor, ich war so verschlafen, daß ich mich überhaupt nicht besinnen konnte, wo ich war und was die beiden von mir wollten.

Der Anzug von gestern abend hing noch über einem Stuhl, und meine Kleider waren drinnen im Salon. – Ach, man sollte doch immer abends seine Tür zuschließen.

Ich muß zugeben, daß der Schein gegen mich sprach – Bobbys Anwesenheit – Johns Zimmer – der Knabenanzug, – und es tat mir furchtbar leid, den armen Pedro so empfangen zu müssen.

Wie es sich dann weiter entwickelte? – Immerhin noch „harmonischer“, als man hätte annehmen sollen. Wenn ich ein schlechtes Gewissen habe – (schlechtes Gewissen ist das Gefühl, einem anderen etwas Unangenehmes getan zu haben), kommen immer meine schönsten Herzenseigenschaften zum Vorschein. Ich hätte es nicht über mich gebracht, mich in Bösem von ihm zu trennen. Es war dieses Mal eine phantastisch schwere Aufgabe, aber sie ist gelöst worden.

Pedro und ich fuhren noch denselben Abend nach Amalfi und nahmen dort drei Tage lang Abschied.

Wir haben uns auf vorläufige Trennung geeinigt. Mit dem Durchbrennen wäre es ohne des Onkels Zustimmung doch eine untunliche Sache gewesen. Er sollte also mit dem Onkel, den Sir John inzwischen bändigte, nach Sizilien zurückfahren und ruhig heiraten.

Ich hoffe, Sie, teurer Doktor, werden nie wieder an meinem Altruismus zweifeln. – Dieser Mann braucht entschieden eine Frau, die ihm immer treu ist, und ich habe ihm wohl oder übel auseinandersetzen müssen, daß mir das schwer fallen würde.

Wir gedenken uns zwar über kurz oder lang wiederzusehen, aber der Abschied ist uns doch recht schwer geworden – es ist ein Elend

– habe ich jemanden sicher und für immer, so wird es mir bald über, aber wenn ich ihn weggeben muß, reut es mich wieder.

Jetzt ist er fort. In mein Hotel bin ich nicht mehr zurück, sondern habe mich drüben einquartiert. Sie kennen meine Gewohnheit, nach jeder Katastrophe vor allem gründlich auszuschlafen, – so habe ich mich auch diesmal gleich in mein Zimmer zurückgezogen und von Montag bis Donnerstag immer nur geschlafen. John und Bobby besuchten mich von Zeit zu Zeit und waren sehr besorgt um Wohlergehen und Seelenzustand. Sie wußten eben noch nichts vom Katastrophenschlaf, und ich konnte sie erst darüber belehren, als er zu Ende war.

Und jetzt? – Ja, das weiß ich noch nicht, jetzt muß ich mich erst wieder vom vielen Schlafen erholen…

19

Vorausgesehen – Sie tun sich leicht, lieber Freund. Wenn etwas geschieht oder geschehen ist, brauchen Sie nur den Epilog zu machen. Und Pedros Grabrede war allerdings eine Ihrer Glanzleistungen.

„Das Engagement war nicht für die Ewigkeit", das – ja, das konnte man wohl voraussehen. Und doch – wäre das Wiedersehen nicht so unglücklich inszeniert gewesen und der Onkel nicht so hartherzig, dann säßen wir jetzt vielleicht Hand in Hand auf einem Ozeandampfer. – Ob ich nun mein wahres Lebensglück verscherzt habe oder ob es vielleicht ungeheuer gescheit war, selbiges zu verscherzen – wer kann das sagen? Die Trennung von John und Bobby hätte mir wahrscheinlich ebenso sehr das Herz gebrochen. Pedro „konnte" ich eigentlich doch nur im Ensemble, allein wäre ich ihm auf die Länge nicht gewachsen gewesen.

Unsere Koffer stehen schon halb gepackt, und dies ist voraussichtlich der letzte Brief, den ich Ihnen von hier aus schreibe.

Die nächste Programmnummer wird heißen: „Bobbys Insel."

Sir John will uns in Bälde nachkommen. Dann wollen wir den ganzen Sommer in der Sonne liegen und Bobby zum mondänen Dichter erziehen. John hat ja sozusagen die Verantwortung übernommen, daß etwas aus ihm wird, und er meint, für diesen Typus würde er sich am besten eignen.

Die beiden haben noch viel mit ihren Reisevorbereitungen zu tun und sind meist in der Stadt. Ich habe auf der Terrasse einen traumhaft bequemen Schaukelstuhl und verbringe diese letzten Tage in stiller Beschaulichkeit.

Dabei habe ich eine neue Erkenntnis gewonnen – wieder einmal – werden Sie sagen. Aber diese hat sehr viel Endgültiges.

Lieber Freund, ich bin mir darüber klar geworden, daß mein Leben nach einem umgekehrten Prinzip verläuft – oder ist es deutlicher so: das Prinzip meines Lebens ist, daß alles umgekehrt geht.

Sie haben Sir Johns Diagnose anerkannt: ich bin im Grunde faul und energielos und gerate doch so oft in Lebenslagen, die Energie erfordern, also muß ich meiner Bestimmung entgegengesetzt handeln. Das erweckt einen falschen Eindruck, der mich wiederum zu lauter umgekehrten Handlungen zwingt. – Nicht wahr, das stimmt?

Ferner – ich habe so viel Anlage zu passivem Glück, und dabei sind meine „Glücke“ fast immer stürmisch und bewegt. Ich „kann“ keine Konflikte, und immer gibt es welche.

Vor allem aber: was ich auch tue, beginne und plane, unweigerlich kommt dabei das Gegenteil heraus. – Das kann doch nicht nur Zufall sein. – Unternehme ich etwas ungemein Nützliches und Wohlüberlegtes, so gibt es sicher den größten Unsinn. Tue ich aber gänzlich unzweckmäßige und unüberlegte Dinge, dann kommt etwas Vernünftiges zustande. Kurz, ich ernte nie, was ich gesäet habe, sondern jedesmal etwas ganz Überraschendes.

Und die Moral: wem das Los so fällt wie mir, nämlich umgekehrt, der suche eben umgekehrt zu leben, immer von vornherein das Umgekehrte zu tun – dann muß es sich wieder ausgleichen.

Seit diese Erleuchtung über mich gekommen ist, bin ich sehr zufrieden. Ich begreife, daß in der Erkenntnis wirkliches Glück liegen kann. – Alle weitere Gedankenarbeit überlasse ich Ihnen, es war schon eine bedeutende Leistung, Ihnen das alles so wohlgeordnet vorzutragen.

Und die praktische Anwendung – mein lieber, guter Freund – – –

Wie Sie mir schreiben: es wäre sicher das Beste, wenn ich jetzt zurückkäme, dorthin, wo ein getreues Herz für mich schlägt, und wenn ich nur wollte, auch eine sogenannte Existenz bereit wäre – von diesem Herzen und dieser Existenz habe ich Ihnen ja in den Tagen der Regenstadt schon Näheres erzählt und...

Aber nein – ich werde von jetzt an nie mehr das tun, was sicher das Beste wäre und das Gescheiteste. Bobbys Insel ist gewiß das Dümmste, was ich tun kann – und ich wähle Bobbys Insel.

Sobald wir sie gefunden haben, schreibe ich Ihnen – wir wissen ja selbst noch nicht, wo sie liegt –, und deshalb sage ich Ihnen heute mit einer gewissen Feierlichkeit Lebewohl und – à tantôt...